Alex Rühle

Traumspringer

© Heike Bogenberger

*Alex Rühle*, geboren 1969, studierte Komparatistik, Französisch, Theologie und Philosophie in München, Paris und Berlin. Er war schon Klinikclown, Stadtcafékellner und Grundschulenbauer in Malawi. Heute arbeitet er als Kulturredakteur bei der *Süddeutschen Zeitung*. Er lebt mit seiner Familie in München. Sein erstes Kinderbuch ›Zippel, das wirklich wahre Schlossgespenst‹ (dtv junior 76234) ist ein großer Erfolg und stand auf der SPIEGEL-Bestsellerliste. Mit ›Traumspringer‹ beweist er erneut sein Können, und dass er auch für ältere Kinder absolut packend erzählen kann.

Alex Rühle

# TRAUM SPRINGER

Mit Illustrationen
von Max Meinzold

dtv

**Ausführliche Informationen über**
**unsere Autoren und Bücher**
**www.dtv.de**

Von Alex Rühle ist bei dtv junior außerdem lieferbar:
**Zippel, das wirklich wahre Schlossgespenst**

MIX
Papier aus verantwortungsvollen Quellen
FSC® C014496
FSC
www.fsc.org

Originalausgabe

Umschlagbild und -gestaltung: Max Meinzold
Gesetzt aus der Plantin 12/17˙
Satz: Fotosatz Amann, Memmingen
Druck und Bindung: GGP Media GmbH, Pößneck
Gedruckt auf säurefreiem, chlorfrei gebleichtem Papier
Printed in Germany · ISBN 978-3-423-76246-5

*Für alle, denen gesagt wird,*
*sie sollen aufhören zu träumen*

# 1

Alles ging los an dem Morgen, als ich die schwarze Fledermaus sah. Wir hatten gerade Mathe bei Herrn Pallenberg und ich schaute schon eine Weile lang zum Fenster raus. Da draußen war gar nichts Besonderes, aber hier drinnen war ja erst recht nichts Besonderes, sondern nur wieder Schule. Ich guckte auf den Sportplatz, dann über den leeren Pausenhof, rüber zu den Fahrradständern, wo ein alter Mann mit einem großen grauen Hund stand. In dem Moment kam sie von der Seite angeschossen, wie ein dunkler Pfeil, und flatterte jetzt ganz nah vor unserem Fenster rum.

Erst dachte ich, das ist ein schwarzer Vogel. Eine Amsel oder so was. Aber Amseln haben doch einen gelben Schnabel. Und einen richtigen Kopf. Das hier war höchstens eine Amsel ohne Kopf, und geköpfte Amseln können ja wohl kaum fliegen.

Das Ding hatte spitze Krallen an den Flügeln. Dreieckige Ohren. Einen kleinen, geduckten Kopf. Und dann

sah ich die Augen. Schwarz. Starr. Wie aus Metall. Oder dunklem Glas. Der Körper flatterte nervös umher, aber sein Blick schien sich direkt in mich hineinzubohren.

Das *konnte* nur eine Fledermaus sein. Aber so dicht vor unserem Klassenzimmerfenster? Und mitten am Tag? Die fliegen doch nachts, dachte ich. Und warum starrt die mich so an? Filmt die mich, oder was?

Das war dann aber auch das Letzte, was ich dachte, plötzlich hörte ich nämlich Max fluchen. Max saß neben mir. Er hatte den ganzen Morgen unter der Bank irgendein neues Handyspiel gespielt. Jetzt zischte er »Scheiße!« und haute sein Handy so fest auf den Tisch, dass das Display einen Sprung bekam. Herr Pallenberg hielt vorne an der Tafel mitten in der Bewegung inne. Er hatte gerade eine Formel aufgeschrieben, jetzt stand er reglos da, und es sah aus, als würde er mit der Kreide tief in die Tafel reinzeigen.

Alle hielten die Luft an. Man spürte richtig, wie in Herrn Pallenberg die Wut hochstieg. Nur Max kriegte das gar nicht mit. Er war anscheinend immer noch stinksauer, weil er gerade verloren hatte, und murmelte laut vor sich hin: »Mist … wieder verkackt.«

In dem Moment fing Herr Pallenberg an, mordsmäßig rumzuzetern, wie unverschämt wir sind und alle total spielsüchtig, und am Ende schrie er: »Es reicht! Ich setz euch jetzt um. Und damit basta.«

Max musste vor in die erste Reihe. Ihn hat die ganze Schimpferei null beeindruckt. Er ließ Herrn Pallenbergs

Zornausbruch einfach an sich abregnen, raffte sein Zeug zusammen und schlurfte nach vorn. Und ich muss sagen, insgeheim war ich erleichtert, dass Max von mir weggesetzt wurde, weil es echt anstrengend ist neben ihm. Mit dem Konzentrieren tu ich mich eh schwer, weil ich so gern an andere Sachen denke. Wenn dann auch noch direkt neben mir jemand unterm Tisch daddelt und ständig angibt, was für Hammerspiele er auf seinem Handy hat, weil sein toller Papa ihm schon wieder eins geschenkt hat …

Na ja, jedenfalls wurde dann die ganze Klasse neu gemischt, und ich hab gar nicht richtig aufgepasst, sondern draußen nach der Fledermaus gesucht. Aber die war jetzt weg. Nur der Mann mit dem Riesenhund stand noch immer bei den Fahrrädern. Seltsamerweise schien der auch zu mir rüberzustarren. Der stand da unten, die Arme über dem Bauch verschränkt, rührte sich nicht und schaute direkt her. Sein Riesenhund saß neben ihm und reckte die Schnauze in die Höhe, als würde er irgendetwas wittern. Ich wollte dem Mann gerade winken, einfach weil ich verunsichert war, als Herr Pallenberg sagte, ich soll vorkommen in die zweite Bank, neben Elias.

»Du träumst mir dahinten einfach zu viel, Leon«, sagte er.

Was gar nicht stimmt, ich guck nur gerne, was draußen passiert. Die zehn Sekunden Fledermaus waren garantiert spannender als alles, was Herr Pallenberg in einer Stunde auf die Tafel schreibt. Aber ich hab nichts gesagt, bringt ja eh nichts, mit Lehrern zu streiten.

Elias war der komische Neue, der mit niemandem sprach und diesen Akzent hat, als würde schwere feuchte Erde an all seinen Sätzen kleben. Als er zu Beginn des Schuljahres in die Klasse gekommen war, hatte Herr Pallenberg gesagt, Elias komme aus Tschetschenien und wir sollten alle nett zu ihm sein. Er hatte ihm den Arm um die Schulter gelegt und in einem Ton geredet, als wäre Tschetschenien eine schwere Krankheit oder Behinderung. Die tschetschenische Grippe.

Wir haben Elias in den ersten Wochen mehrmals gefragt, ob er mitspielen will beim Fußball. Er hat jedes Mal nur den Kopf geschüttelt. Wir waren eigentlich auch sonst ganz nett zu ihm, aber er hat immer so unfreundlich reagiert, dass wir es irgendwann aufgegeben haben. Als Max ihn mal fragte, wo er denn wohnt, zog Elias den Kopf ein und sagte: »Beim Onkel.«

»Ah, und wo wohnt dein Onkel?«

Elias runzelte kurz die Stirn, sagte: »Woanders als deiner«, und ging weg.

»Dann halt nicht, du Blödmann!«, rief Max ihm hinterher.

Seltsam war, dass er von Anfang an ziemlich gut Deutsch sprach. Später hab ich dann verstanden, warum.

In den Pausen stand Elias alleine rum. Das tat mir schon leid, ich bin da selber lange genug allein rumgestanden und weiß noch genau, wie sich das anfühlt. Vielleicht weil ich in der Fünften als Einziger ohne einen Freund in die Klasse gekommen bin. Oder weil ich eben stiller bin als die anderen. Jedenfalls war es monatelang die Hölle. Diese Pausen, die einem vorkommen, als würden sie zwei Stunden dauern. Alle spielen und rennen rum und weichen einem dabei aus wie einem Baum oder einem Papierkorb, der im Weg rumsteht, aber gar nicht wirklich da ist. Bei Elias kam noch dazu, dass er ziemlich müffelte. Nach feuchten Kleidern. Oder nach Kellerluft. Max rief manchmal einfach so durch die Klasse: »Fenster auf, hier stinkt's!«

Ich packte jetzt mein Schulzeug und setzte mich vor in die zweite Bank, direkt ans Fenster. Elias rückte zur Seite und schob seine Sachen ganz an den Rand der Bank.

»Passt schon«, sagte ich. Elias sagte nichts.

Dafür warf mir Max einen Zettel rüber. Der hatte vielleicht Nerven. Vor drei Minuten war die größte Schimpftirade des Jahres auf ihn eingeprasselt und jetzt schrieb er schon wieder Zettel. Ob ich nachmittags mit zum Schuppen komme.

Den Schuppen hatten wir zwei Wochen vorher beim Spielen an den Gleisen entdeckt, versteckt hinter riesigen Sträuchern. Max hatte an dem Tag vorgeschlagen, entlang der Gleise nach Pfandflaschen zu suchen. »Weil doch viele Leute ihre Flaschen aus dem Zug werfen.« Wir fanden das alle eine super Idee. Wir, das waren Max, Robert, Nina und ich. Robert ist der größte Fan von Max, er läuft ihm seit der fünften Klasse nach. Früher ist er immer mit seinem Rennrad rumgefahren und hat für Radrennen trainiert, aber seit Max sagte, er finde das uncool, hat er mit dem Training aufgehört. Und Nina ist der Hammer, aber das muss ich irgendwann in Ruhe erzählen.

Die drei suchten um die Wette, ich kam eher so hinterhergetrödelt. Nach einer halben Stunde war klar, dass wohl doch nicht so viele Leute ihre Flaschen aus dem Zug warfen. Wir hatten bis dahin einen toten Igel, ein schmutzverkrustetes Sweatshirt, eine leere Coladose, das Hinterrad von einem Kinderfahrrad und einen alten Lederkoffer voller Sand gefunden, aber keine einzige Flasche.

»Und wenn«, sagte Nina, »dann würde die im Schotter der Gleise eh kaputtgehen.«

Wir wollten gerade aufgeben und nach Hause gehen, da rief uns Max. Er war fast bis zu den Weichen gelaufen. Da stand dieser Schuppen. Uralt. Von Efeu überwachsen. Gut versteckt zwischen Büschen und Bäumen. Perfekt. Seit diesem Nachmittag bauten wir den Schuppen zu unserem geheimen Treffpunkt um. Wir versprachen einander, niemandem davon zu erzählen. Und ich hatte zum ersten Mal, seit ich auf dem Gymnasium war, das Gefühl, irgendwo dazuzugehören.

Max schrieb jetzt in Herrn Pallenbergs Unterricht auf den Zettel, dass er am Nachmittag ein kleines Sofa aus dem Keller seiner Eltern zum Schuppen schleppen will. Ob wir ihm dabei helfen. Logo, dass ich mitwollte. Aber da kann man nichts machen: Kleine Schwester ist kleine Schwester, Geburtstag ist Geburtstag, und Wunsch ist Wunsch.

Also schrieb ich Max, dass ich in den Zoo muss, weil meine Schwester sich das gewünscht hat. Ich wollte ihm gerade den Zettel rüberwerfen, als ich mitten in der Bewegung erstarrte. Draußen. Vorm Fenster. Da war immer noch die Fledermaus. Oder wieder. Ich saß ja jetzt zwei Fenster weiter vorn. Und direkt vor der Glasscheibe flatterte dieses schwarze Vieh und starrte mich mit seinen kalten Metallaugen unbeweglich an.

»Hey, Leon!« Herr Pallenberg hatte mich anscheinend schon ein paarmal gerufen. Mein Mund stand offen. Ich sah wohl ziemlich seltsam aus, wie ich so starr und steif zum Fenster rausglotzte. Ein paar Mädchen kicherten.

Ich schaute zu Herrn Pallenberg und sagte: »Da … da draußen …« Aber als ich ihm die Fledermaus zeigen wollte, war nur noch der leere Pausenhof zu sehen. Hinter den Fahrradständern ging gerade der Mann mit dem Hund weg.

»Oh Mann, Leon«, sagte Herr Pallenberg, »du bist wirklich der größte Träumer, den's gibt.«

In dem Moment war ich echt beleidigt. Ich konnte ja nicht wissen, wie recht er damit hatte.

# 2

Lotti hatte zu ihrem Geburtstag fünf Freundinnen eingeladen, weil sie ja fünf wurde. Am Nachmittag im Zoo sind sie alle erst mal zum Streichelzoo gerannt und haben die Ziegen und Schafe betatscht. Als dann ein Pfleger vorbeikam, haben sie den mit ihren bekloppten Fragen gelöchert: Machen die Schafe anderes Kacka als die Ziegen? Bist du auch der Chef von den Elefanten? Macht man Ziegenkäse aus Ziegen?

Der Pfleger achtete gar nicht auf sie, sondern rief plötzlich sehr streng: »Hey, du da!«

Tatjana, eine von Lottis Freundinnen, die bei uns im Nachbarhaus wohnt, wurde knallrot.

»Ja du!«, sagte der Pfleger. »Du fütterst die Ziege doch nicht im Ernst mit deiner Lakritze, oder?«

»Äääh…«, sagte Tatjana und steckte ihre Hand mit der Lakritze in die Jackentasche. »… Neee.«

Oh Mann.

Ich kam mir so was von doof vor. Wenn mich Max oder Nina hier entdeckt hätten, wär ich im Erdboden versunken vor Scham. Als Zwölfjähriger will man nicht einem Haufen kleiner, peinlicher Mädchen hinterherdackeln. Mama hat bald gemerkt, wie blöd ich mich fühle, und wir haben ausgemacht, dass wir uns zwei Stunden später am Ausgang treffen.

Ich bin sofort im Zoo den Hauptweg runtergerannt, Affenhaus, Elefantenwiese, Löwengehege, kenn ich eh alles auswendig und es war auch wieder so voll, alle Besucher latschen ja immer nur diese eine Straße lang. Ich bog in einen stillen Seitenweg, der sich durch hohe Bäume schlängelt, und ging erst mal eine Weile lang in die Voliere, wo diese knallroten Vögel leben, die immer so laut kreischen. Ein paar leuchtend rote Federn lagen auf dem Weg herum. Hier drin war niemand und man konnte durchs Gitter den blauen Himmel sehen und ein paar Wolken, die ruhig hinter dem Gittermuster vorbeizogen.

Auf der anderen Seite der Voliere kam ich dann zu den Wölfen. Die tun mir immer am meisten leid, weil man ihnen ansieht, wie scheußlich es ist, eingesperrt zu sein. Wölfe laufen in freier Wildbahn zwanzig Kilometer am Tag. Hier im engen Gehege rennen sie so oft im Kreis, dass sie über die Jahre tiefe Rinnen in die Erde gelaufen haben.

Ein riesiger silberschwarzer Wolf blieb abrupt stehen, hob den Kopf und schnupperte in meine Richtung. Dann setzte er sich hin und fixierte mich so starr, dass ich nervös wurde.

»Was ist?«, habe ich ihn gefragt, einfach nur um die Stille zu unterbrechen. »Was schaust'n so?«

Der Wolf blinzelte ein paarmal, wandte den Kopf zum Fledermaushaus, stand dann auf und verschwand lautlos zwischen den Bäumen.

Das Fledermaushaus wurde erst vor wenigen Monaten eröffnet. Es ist riesig und angeblich eine Sensation, mit ganz seltenen Fledermausarten. Ich ging durch eine schwarze Tür in das halbdunkle Haus, in dem es schön kühl war, und blieb stehen. Um mich an das Dunkel zu gewöhnen. Aber auch weil ich darauf wartete, dass die kleinen Fledermäuse an mir vorbeiflogen. Erst spürt man ja ihren Lufthauch. Dann erkennt man sie, aber nur wie ein dunkles Wischen. »Nachtflecken«, hat Lotti die Fledermäuse mal genannt.

Diesmal spürte ich keinen Lufthauch. Und ich konnte auch keine einzige Fledermaus erkennen. Es war wirklich seltsam, diese leere Dunkelheit, das ganze Haus wirkte wie ausgestorben. Ich musste an den unheimlichen Moment am Vormittag denken, als das kleine schwarze Ding mit diesen fiesen Augen vor unserem Klassenzimmer rumgeflattert war, und rief vorsichtig: »Hallo?«

Irgendwo knisterte es, als ob jemand eine Plastikfolie zerknüllte, sonst war da nur schwarze Stille. In der Tropfsteinhöhle vor mir, in der sonst immer mehrere Fledermäuse kopfüber hingen, tropfte nur das Wasser vor sich hin. Diese leisen Ploppgeräusche machten die Stille noch unheimlicher.

Plopp.

Stille. Dunkel. Nichts.

Plopp.

Ich suchte die Tropfsteinhöhle mit den Augen ab, irgendwo mussten die Fledermäuse doch sein. Und plötzlich hatte ich dieses seltsame Gefühl. Als ob am Ende des Ganges, ganz hinten, jemand steht. Unbeweglich. Jemand, der noch dunkler ist als die Dunkelheit. Jemand, der mich die ganze Zeit stumm beobachtet. Ich schluckte und wunderte mich, wie laut das Schlucken hier drinnen klang.

Noch mal sagte ich: »Hallooo?«

Nichts.

Nur wieder dieses Knistern. Und direkt neben mir, im Wasserbecken: Plopp.

Nichts.

Plopp.

Ich hielt die Luft an, zählte im Kopf bis drei und rannte dann auf den schmalen Lichtschlitz zu, der unter der Ausgangstür durchschien, die Hände vorgestreckt wie ein Blinder.

Als ich durch die quietschende Holztür ins Freie kam, saugte ich erst mal tief Luft ein, wie jemand, der durch ein endlos langes Schwimmbecken getaucht ist. Licht! Luft! Und das Geräusch von rauschenden Bäumen im Wind.

Puh.

Wirklich seltsam, wie schnell man im Dunkeln Angst bekommt. Aber auch hier draußen hatte ich noch das Gefühl, dass das da drinnen keine normale Dunkelheit gewesen war.

Dann sah ich den kleinen Kiosk. Ich wunderte mich kurz, warum es ausgerechnet hier, im hintersten und ruhigsten Eck des Zoos, einen Kiosk gab. Und warum ich den noch nie zuvor gesehen hatte. Der Kiosk hatte einen hölzernen Verkaufstresen. Darauf standen diese runden Gläser mit Schraubverschluss, in denen normalerweise Gummischlangen, Colafläschchen und weiße Mäuse liegen. Die Gläser schienen aber leer zu sein.

Dahinter saß ein alter Mann. Er trug Zoowärterkleidung, grüne Jacke, braune Hose, Gummistiefel … Der bärtige Kopf lag auf seiner Brust, die Hände hatte er über dem Bauch gefaltet, er schien tief zu schlafen, sein Bauch hob und senkte sich gleichmäßig. Hinter ihm standen weitere Gläser. Als ich genauer hinsah, fiel mir auf, dass all die Gläser gar nicht leer waren. Schwammen da etwa träge Quallen drin herum? War das Nebel? Was auch immer es war, es waberte still in den Gläsern vor sich hin und leuchtete von innen. Wie bunte Glühwürmchen, die im Inneren einer Wolke schweben.

Ich drehte mich kurz um, um zu schauen, ob hier noch jemand war. Jemand, der das Ganze genauso seltsam fand wie ich. Aber da war niemand. Vorsichtig berührte ich eines der Gläser. Es war kühl und glatt und durchsichtig, und je länger ich hineinschaute, desto mehr hatte ich den Eindruck, dass gar kein Glas da war, sondern nur dieser seltsam wabernde Nebel.

»Fass das nicht an, die darf man nicht stören«, sagte eine tiefe Stimme.

Ich zuckte zusammen. Der Mann sah mich ruhig an. Er hatte sehr große, braune Augen. Sein Blick irritierte mich. Er schaute nicht besonders streng oder böse, aber irgendetwas daran war zutiefst beunruhigend.

»Wen darf man nicht stören?«, fragte ich.

Statt zu antworten, kramte der Alte in seiner Weste herum und reichte mir dann einen Kaugummi in Silberpapier: »Probier mal.«

Ich zögerte. Er nickte mir aufmunternd zu. Als ich das Papier aufmachte, sah ich, dass der Kaugummi schwarz war.

»Keine Angst«, sagte der Mann. »Und schöne Träume!«

Der Kaugummi schmeckte echt merkwürdig – salzig, bitter, fruchtig, süß, alles auf einmal. Mir wurde etwas schwindlig und ich sagte: »Wie bitte?«

»Schöne Bäume«, wiederholte der Mann und zeigte nach oben in die Buchen. Als ich seinem Finger mit den Augen folgte, wär mir vor Schreck fast der Kaugummi aus dem Mund gefallen. In den Ästen der Bäume hingen Hunderte von Fledermäusen. Es war unglaublich, überall diese reglosen Tiere. Kopfüber. Wie Wolken aus großen, schwarzen Tropfen. Sie hatten sich in ihre Flügel gehüllt und starrten mit ihren kalten, dunklen Augen zu uns runter.

Der alte Mann schien das ganz normal zu finden. Er sortierte in aller Ruhe seine Gläser und polierte sie mit einem schwarzen Tuch, das er aus seiner Jacke geholt

hatte. Als ich die Gläser jetzt ansah, musste ich an den Biounterricht denken. Unser Lehrer hatte uns ein menschliches Gehirn gezeigt, das in irgendeiner Flüssigkeit eingelegt war. Das wolkige Zeug in den Gläsern erinnerte mich an die schrumpeligen Hirnwindungen, nur dass hier alles weicher und wattiger aussah. Außerdem schwebten diese Glühwürmchenlichter darin herum. Wie winziges Wetterleuchten. Als ich länger in eines der Gläser schaute, wurde ich ziemlich müde.

Der Alte sah mich ruhig an, als würde er mich prüfen oder so. Um irgendwas zu sagen, fragte ich: »Kann man Ihre Gläser kaufen?«

Er lachte tonlos, während er mit seinem glänzenden Tuch an einem großen Glas rumputzte. »Nein, wirklich nicht, die sind unverkäuflich. Jedenfalls solange es nach mir geht.«

Jetzt verstand ich gar nichts mehr. Ein Kiosk, in dem man nichts kaufen kann. Stumm starrende Fledermäuse. Ein alter Mann. Und dazu diese seltsamen Gläser. Keine Ahnung, wie lange ich mir das alles angeschaut habe. Jedenfalls zog der Mann irgendwann eine runde Uhr an einer langen Kette aus seiner Hosentasche.

»Hmm, halb sechs«, sagte er. »Ich glaube, du kommst zu spät.«

»Halb sechs?«, rief ich. »Kann gar nicht sein. Ihre Uhr geht falsch.«

»Wär mir neu«, sagte der Alte, »die geht pünktlich, seit es Uhren gibt.«

Er hielt mir das Zifferblatt hin. Tatsächlich, es war halb sechs. Jedenfalls auf seiner uralten Taschenuhr.

»Jetzt lauf schon«, sagte der Alte, »deine Mutter wartet längst.«

Ich rannte los. An dem riesigen Wolf vorbei, durch die Voliere, den geschlängelten Weg entlang und zurück auf den Hauptweg, der jetzt menschenleer war.

Als ich am Ausgang ankam, standen da Lottis Freundinnen und reckten die Hälse nach mir. Tatjana sah mich als Erste und rief aufgeregt: »Frau Helling, Frau Helling, er ist hier!« So eine blöde Streberin. Erst fast die Ziegen umbringen mit ihrer klebrigen Lakritze und dann bei Mama einschleimen. Die kam dann auch gleich aus der Richtung des Streichelgeheges angelaufen und sah wirklich sauer aus.

»Mann, Leon, wo warst du denn? Wir hatten fünf Uhr gesagt. Nie kann man sich auf dich verlassen.«

So ein Mist. Mama sagt so oft »nie«: »Nie hörst du mir zu.« – »Nie machst du, was ich sage.«

»Ich verstehe das auch nicht«, sagte ich, »ich war höchstens zwanzig Minuten weg.«

»Ach, red keinen Blödsinn. Wir warten hier schon seit einer halben Stunde, deine Schwester hat Geburtstag und alle Eltern sind wahrscheinlich schon bei uns zu Hause zum Abholen.«

Lottis Freundinnen scharten sich um Mama wie Küken um eine Henne und liefen mit ihr durch den Ausgang. Und dann ging alles wahnsinnig schnell. Ein schwarzer

Pfeil, der von der Seite angeschossen kam. Die Mädchen, die alle gleichzeitig zu schreien begannen. Lotti, die sich die linke Schläfe hielt, taumelte und auf den Boden fiel. Mama kniete über ihr, ein Mann rief, das sei eine Fledermaus gewesen. Als ich nach oben sah, zog eine riesige Wolke aus schwarzen Punkten über den Himmel, lautlos, schnell, in Richtung Wald.

# 3

Am Abend war dann ziemlich miese Stimmung. Mama war kaputt vom Geburtstag und rührte still in ihrem Teeglas rum. Ich glaub, sie war vor allem geschockt von dem Fledermausangriff am Ende des Zoobesuchs. Sie schaute auch dauernd besorgt zu Lotti rüber, die jetzt ein Pflaster an der Schläfe hatte und so blass war, dass man eine Ader an ihrer Stirn sah. Lotti erzählte Papa von der Robbenfütterung und wie sie lange einem spielenden Elefantenbaby zugeschaut haben. Von der Fledermaus sagte sie kein Wort, so als hätte sie den Angriff gar nicht richtig mitbekommen. Papa hörte kaum zu, sondern murmelte nur »ah ja« und guckte währenddessen in sein Handy. Ich war auch ziemlich still. Auf dem Heimweg hatte ich versucht, Mama von dem seltsamen Kiosk und den Fledermäusen zu erzählen, aber sie hatte mich sofort wütend unterbrochen: »Jetzt schwindel mich nicht auch noch an. Ich hab echt keine Nerven für deine ewigen Tagträumereien.«

Wenn ich mit Mama streite, kommen mir immer so schnell die Tränen und ich muss dauernd schlucken. Also sagte ich einfach gar nichts mehr.

Als Papa nach dem Abendessen fragte, ob was in der Schule war, antwortete ich nur, dass ich jetzt neben Elias sitze.

»Wer ist denn Elias?«, fragte Mama.

»Weiß ich auch nicht so genau«, hab ich geantwortet.

Das war dann auch wieder falsch.

»Mann, du musst doch wenigstens mal wissen, mit wem du in die Klasse gehst«, sagte Papa genervt.

»Wie denn?«, verteidigte ich mich. »Der sagt doch nichts.«

»Na, dann seid ihr euch ja ähnlich. Wann willst du Traumtänzer eigentlich endlich mal aufwachen?«

»Gar nicht, ich geh jetzt ins Bett«, sagte ich.

Ich wollte in mein Zimmer, weil ich sauer war. Papas »wenigstens« ist fast noch fieser als Mamas »nie«. Du musst doch wenigstens mal ... Als ob ich gar nix weiß und wenigstens das jetzt, das kann doch selbst ein Trottel wie ich mal wissen.

Als ich schon fast an der Küchentür war, sagte Mama noch: »Ach, übrigens, eine Nina hat angerufen, als wir im Zoo waren.«

»Oh«, sagte ich und guckte konzentriert auf die ganzen Postkarten, die bei uns an der Kühlschranktür kleben. »Was wollte sie denn?«

»Ist auf'm Anrufbeantworter.«

»Ah«, sagte ich und gab mir alle Mühe, dass dieses »Ah« so uninteressiert klang wie nur möglich, während ich die Postkarte mit dem Sonnenuntergang überm Meer noch etwas genauer studierte als zuvor.

Ich bin dann aber doch ziemlich schnell zum Telefon im Flur gegangen und hab mich durch die alten Anrufe geklickt:

»Hallo, ihr Lieben, ich bin's, die Oma …« Piep, weiter.

»Hier ist Papa, ich komm später heute und …« Piep, weiter.

»Ja, also, hallo, hier ist die Tatjana und ich wollte die Lotti …« Oh Gott, bloß weiter.

Aber dann endlich: »Hey, Leon, Nina hier. Wollte nur sagen, dass wir uns Mittwochnachmittag wieder treffen. Weißt schon wo. Max und Robert können auch. Wär schön, wenn du Zeit hast. Ciao.«

Ich starrte auf den roten blinkenden Knopf und fühlte dieses Gefühl. Wie warmes Gold, das sich im ganzen Bauch ausbreitet.

Ist wirklich komisch, das mit Nina. Früher hab ich sie nicht einmal wahrgenommen. Aber seit vier Wochen ungefähr – wobei, »ungefähr« stimmt nicht, ich weiß ja noch genau, wann und wo es war. Im Freibad, mit Max, am ersten Tag der Pfingstferien.

Es war einer dieser typischen Nachmittage mit Max. Der benimmt sich ja immer, als ob er auf einer Bühne wäre, und checkt dauernd heimlich, wer ihm alles zusieht. Wenn kein anderer da ist, redet er mit mir. Aber wenn irgendwer

guckt, muss er seine Show abziehen. Vom Fünfer springen. Lauter lachen, als man eigentlich lacht. Hauptsache, cool. Ich fühl mich nach so einem Nachmittag immer grau und langweilig.

Aber an diesem Tag war Nina auch da, mit ihrer Freundin Shermin, und erst war es wie früher, also, ich hab sie gar nicht richtig gesehen, nur so: »Hallo« – »Hallo«. Aber als wir grad rübergingen zum großen Becken, saß sie da lachend im Gras und das Wasser tropfte aus ihren braunen Haaren und lief direkt unterm Hals in dieser kleinen Kuhle zusammen, wo die Knöchelchen links und rechts so schön unter der Haut zu sehen sind. Ninas Haare lagen ihr nass auf den Schultern und beim Heimradeln hab ich gar nicht mehr verstanden, dass ich sie vorher nie bemerkt habe. Und Max und ich, wir hatten selbst noch nasse Haare, als wir die Valleystraße runtergeradelt sind, und ich weiß noch, wie ich dachte, dasselbe Wasser, in dem sie auch rumgeschwommen ist.

Ich stand immer noch im Flur, starrte auf das rote Blinken des Anrufbeantworters und hätte Ninas Nachricht am liebsten noch mal angehört, aber in der Küche war es ganz still geworden, jede Wette, die lauschten alle drei heimlich. Also bin ich in mein Zimmer.

Ich hab mich ausgezogen, ins Bett gelegt und wieder an Nina gedacht. Und dass ich morgen unbedingt mit zum Schuppen muss. Während ich so an die Decke starrte, erkannte ich ein dunkles Muster in der Tapete. Wie eine riesige Fledermaus. Und da fiel mir der seltsame Typ im Zoo wieder ein. Sein Kiosk. Die Gläser voller Nebel …

Und dann …

Ich weiß nicht, wie ich das, was danach passiert ist, erzählen soll. Weil es dermaßen verrückt ist. Immer noch. Auch jetzt, Wochen später, wo alles vorbei ist: Die Traumregale geplündert. Die Fledermäuse wieder zurück im Zoo. Die Geheimfabrik von Krato abgebrannt und ich aus dem Krankenhaus draußen.

Ich erinner mich noch daran, wie ich wahnsinnig müde wurde, während ich auf das Muster in meiner Tapete starrte. Wie ich mich wunderte, dass sich darin ja lauter flatternde Fledermäuse verstecken. Dass ich plötzlich wieder den seltsamen Geschmack von dem schwarzen Kaugummi im Mund hatte. Aber ich kann mich nicht erinnern, wann ich eingeschlafen bin. Ich weiß auch den Anfang meines Traumes nicht mehr, aber ich kam bald in diese scheußliche Szene, die ich seit der Fünften oft träume: Auf dem Schulweg, kurz vor acht. Ich renne, so schnell ich kann, weil ich verschlafen habe. Als in der Ferne das Schulhaus auftaucht, höre ich schon den Gong und weiß: zu spät! Wieder nicht geschafft. Dann renne ich ewig an der Hecke entlang, die unser Schulgelände von der Straße trennt. Ich will die Treppe zum Haupteingang hochlaufen. Aber sobald ich die Treppe betrete, kommen mir lautlos die Stufen entgegen, wie bei einer Rolltreppe, die nach unten läuft. Ich renne und renne, doch die Eingangstür am oberen Ende der Treppe kommt einfach nicht

näher. Als ich dann endlich im Schulhaus stehe, verschwitzt und total außer Atem, ist da dieser lange, schmale Gang, den ich runterlaufen muss. Hinter den Türen der Klassenzimmer hört man Lehrergemurmel, der Unterricht hat natürlich längst begonnen. Je länger ich renne, desto länger wird auch der Gang.

Normalerweise geht dieser Traum so weiter, dass ich unser Klassenzimmer nicht finde und hilflos herumirre, bis ich schweißüberströmt aufwache. Diesmal aber kam mir im Gang eine Frau entgegen. Die sah völlig anders aus als unsere Lehrerinnen. Eleganter. Fast wie eine Gräfin oder so. Schwarzes Kleid bis zum Boden. Und wie die ging. Als ob sie schweben würde. Aber vor allem hatte sie Riesenaugen. Dunkel wie ein Moorsee. Mit denen hat sie mich stumm angesehen, als sie an mir vorbeilief. Ich hätte ihr sicher nachgestarrt, aber in dem Moment sprang direkt neben mir die Tür zu unserem Klassenzimmer auf, so schnell und laut, als hätte sie jemand von innen aufgerissen. Ich zuckte zusammen. Am Pult stand ein Mann und hielt ein aufgeschlagenes Buch in seiner Hand. Nicht irgendein Mann. Das war der Typ aus dem Zoo! Aus dem seltsamen Kiosk. Das gibt's doch nicht. Ich schluckte. Er sah von seinem Buch auf, guckte ruhig zu mir rüber und nickte anerkennend. Als sei es was Tolles, wenn einer zu spät kommt. Er klappte langsam sein Buch zu, und ich weiß noch, dass es ganz schwarz war, also nicht nur der Umschlag, sondern auch die Seiten. Dann sagte er: »Du hast mich aber schnell gefunden.«

Der Mann wirkte jetzt viel größer als am Nachmittag. Beeindruckend. Mächtig. Es war so still, dass ich mein eigenes Schlucken hörte.

»Was ist los?«, fragte der Mann. »Warum starrst du mich so an?«

»Na ja«, sagte ich, »mein Traum geht eigentlich anders.« Und ich erinner mich noch genau, dass ich mich über meinen Satz gewundert habe, weil man im Traum ja keine Ahnung davon hat, dass man träumt.

»Woher willst du wissen, dass du träumst?«, fragte der Alte, als hätte er meine Gedanken gehört. »Komm rein und mach die Tür zu.«

Er sah mich wieder mit diesem seltsamen Blick an wie im Zoo. Irgendetwas in seinen großen Augen bewegte sich.

Ich trat langsam ins Klassenzimmer. Alles war wie immer, die Stühle, die Tische, an der Tafel stand sogar noch die Rechenformel, die Herr Pallenberg am Vormittag mit der Kreide hingeschrieben hatte. Kurz bevor er uns umgesetzt hat. Der einzige Unterschied zu heute Morgen: Draußen war es stockdunkel. Hier drinnen brannten die Neonleuchten an der Decke. Eine davon flackerte und machte dabei bitzelnde Geräusche. Der Mann und ich spiegelten uns in dem Fenster, durch das ich am Morgen die Fledermaus gesehen hatte.

Er folgte meinem Blick und winkte mir dann in der Scheibe zu: »Guten Abend, Leon. Ich heiße Morpheus.«

»Ah«, sagte ich. »Tag, Herr Morpheus.« Woher wusste der meinen Namen?

Morpheus wartete meine Antwort gar nicht ab, sondern drehte sich zur Tafel. Er nahm den Schwamm und fing an, sie damit abzuwischen. Erst war alles ganz normal, die Matheformeln verschwanden, und wo der Schwamm über die Tafel fuhr, wurde sie von der Feuchtigkeit dunkel. Aber dann wurde sie noch dunkler, erst dunkelgrün, dann schwarz und dann … dann sah es auf einmal so aus, als ob Morpheus nicht nur die Kreidezahlen, sondern die ganze Tafel wegwischen würde.

Ich ging näher hin, weil ich meinen Augen nicht traute. Tatsächlich, der Schwamm wischte ein immer größer werdendes Loch in die Tafel. Dahinter lag aber nicht die weiße Wand unseres Klassenzimmers, sondern ein tiefer dunkler Tunnel. Morpheus drehte sich zu mir um und sah mich an, als wolle er gucken, wie groß ich bin. In dem Moment verstand ich plötzlich, warum ich sein Gesicht so merkwürdig fand. Es waren gar nicht die großen Augen. Es war seine Iris. Die hellbraune Farbe rund um die Pupille. Etwas darin bewegte sich. Wie Sand, dachte ich. Wie rieselnder Sand.

Morpheus machte das Loch noch größer, indem er die Tafel auch an den Rändern wischte. Vorsichtig trat ich noch näher. Irre. Aus dem tiefen Loch kam ein kühler Luftzug. Es sah aus wie der geheime Eingang in ein Bergwerk, feuchter Fels, grob behauen, der geradeaus in tiefes Dunkel führt.

»Was soll das alles?«, fragte ich. »Was wollen Sie überhaupt von mir?«

»Dass du hier reingehst«, sagte Morpheus.

»Was? In diesen dunklen Tunnel?«

Morpheus drehte sich wieder zu mir um und sagte ganz ruhig: »Das sieht nur so dunkel aus. Wirst sehen, da kommt bald Licht.«

»Ähm, ich kenn Sie doch gar nicht«, sagte ich.

»Aber ich kenne dich«, sagte Morpheus und zeigte mit dem Schwamm auf mich. »Und du würdest mir wirklich sehr helfen, wenn du da hineingehen würdest. Nur zur Probe.«

»Und wenn ich da drin sterbe, ist das dann auch nur zur Probe?«

»Du kannst nicht sterben«, sagte er. »Wir sind tief in deinem Traum.«

»Aber …« Ich sah mich wieder im Klassenzimmer um, das ganz normal wirkte. Dann auf das tiefe Loch in der Tafel. Es schien mich immer stärker anzuziehen. »Aber … Es ist alles so anders als meine Träume sonst«, sagte ich.

Morpheus lächelte, als er meine Verwirrung sah, und sagte wieder sanft und gleichzeitig drängend: »Trau dich einfach.« Dabei zeigte er mit dem Schwamm auf den schwarzen Tunnel.

Ich weiß nicht, ob das schon klar wurde, aber ich gehör nicht gerade zu den Mutigsten und würde tagsüber bestimmt nicht durch ein stockfinsteres Loch mitten in einer Tafel krabbeln, das ein fremder Mann mit irgendeinem Trick freigewischt hat. Vielleicht war es die ruhige Art, mit der Morpheus mich die ganze Zeit beobachtete, jedenfalls

stemmte ich mich im nächsten Moment am unteren Rand der Tafel hoch und setzte ein Knie in den Eingang. Dann das andere Knie. Aus dem düsteren Gang wehte immer noch ein Luftzug. Der Fels fühlte sich kühl unter meinen Händen an. Kühl und feucht. Vor mir war eine kleine Pfütze, in die es von der Decke tropfte. Mein ängstliches Gesicht spiegelte sich darin. Ich versuchte mich aufzurichten.

Ich bin nicht besonders groß für mein Alter. Auf dem Klassenfoto stehe ich in der letzten Reihe, zwischen Max und Robert, und da, wo ich stehe, ist eine richtige Delle in unserer Reihe, links von mir lauter hohe Köpfe, dann ich und dann geht's wieder hoch. Es will also schon was heißen, wenn ich mich ducken muss.

Ich ging los, mitten in diesen finsteren Gang hinein, und tastete mich an der feuchten Felswand entlang. Nach den ersten drei Schritten drehte ich mich noch mal um. Da war mein Klassenzimmer, ein paar Tische und Stühle, hinten der Schrank, an dem eine Weltkarte hing, alles wie immer. Vorn aber stand Morpheus, der mir aufmunternd zunickte.

Ich ging weiter. Nach einigen Metern erkannte ich vor mir einen schwachen Lichtschein. Der Boden glänzte dort ganz schwarz. Als ich näher kam, wurde das Licht immer heller, da hinten ging es um eine Kurve.

Es war total still. Kurz versuchte ich zu singen, um mir Mut zu machen, aber meine Stimme klang hier drinnen so leise, als würde der stumme Fels sie einfach in sich aufsaugen. Aber erst als ich mich umdrehte und sah, dass es hinter mir plötzlich stockfinster war, bekam ich es richtig mit der Angst zu tun. Ich war doch höchstens zehn Meter in diesen Gang hineingelaufen. Es war auch keine Tür hinter mir zugefallen, eigentlich hätte man noch das Klassenzimmer sehen müssen oder diesen Morpheus, aber da war nur Dunkelheit und glänzender Stein und – Atem. Ganz in meiner Nähe. Da atmete jemand! Über mir. Hinter mir. Vor mir. Es war, als ob der Atem aus dem Fels um mich herum kommen würde. Oder als ob die Dunkelheit atmete. Und als ob mich dieser dunkle Atem belauschte. Als ich selbst kurz aufhörte zu atmen, war nichts mehr zu hören. Sobald ich aber weiteratmete, hörte ich auch den fremden Atem wieder. Ich musste hier raus.

Der Weg zurück war verschlossen, da war nur schwarzer Fels. Es blieb mir also nichts anderes übrig, als weiter auf den hellen Schein zuzugehen. Durch das Atemgeräusch hindurch, das immer lauter wurde. Als ich vorsichtig um die Ecke schaute, zuckte ich fast zurück vor Schreck. Direkt hinter der Kurve mündete der Gang in ein Zimmer.

Ich erkannte es sofort: mein Kinderzimmer. Da war mein Schrank mit den halb weggekratzten Fußballaufklebern. Mein Schreibtisch, auf dem noch die Schulhefte und Bücher lagen, wie ich sie heute Nachmittag zurückgelassen hatte. Die kleine Lampe, die ich meistens zum Einschlafen anlasse. Und in der Ecke stand mein Bett. Mein Bett, in dem ich selber lag.

# 4

Habt ihr euch schon mal selbst gesehen? Nicht im Spiegel – in Wirklichkeit. Von außen. Sehr seltsames Gefühl. Ein bisschen, als wäre man tot und jetzt schwebt die Seele über dem Körper. Hier stand ich. Und da drüben, keine drei Meter entfernt, lag ich in meinem Bett. In meinem blauen Schlafanzug, dem mit den zu kurzen Ärmeln, den ich vorhin angezogen hatte. Mit geöffnetem Mund, laut atmend – das war der Atem, den ich im Tunnel gehört hatte. Die Haare verstrubbelt, die Augen geschlossen, die Hände in die Luft gestreckt, als würde ich mich irgendwo entlangtasten. Meine Füße schauten unten aus der Bettdecke raus, der linke zuckte ein bisschen.

Vorsichtig, zögernd ging ich in mein Zimmer, setzte mich ans Fußende des Betts und guckte mir beim Schlafen zu. Mann, war das unheimlich. Mein linker Fuß war vielleicht zehn Zentimeter von mir weg. Als ich ihn ansah, zuckte er noch mehr. Als wär er nervös, weil ich ihn anschaute. Ich musste schlucken und sah, wie mein Hals in dem Moment auch im Schlaf schluckte. Hinter den geschlossenen Lidern bewegten sich die Augen rasend schnell hin und her. Träumte ich etwa gerade das, was ich hier wach erlebte? Und wer war ich jetzt überhaupt? Der Schläfer im Bett, der mich träumte? Oder der, der hier am Fußende saß und sich das alles ansah?

Während ich so überlegte, fiel mir auf, dass ich im Schlaf sabbere: An der linken Backe lief mir, also dem schlafenden Leon, der da vor mir im Bett lag, ein langer Spuckefaden runter, der in einer winzigen Lache neben dem Kopfkissen endete. Der Spuckefleck wurde langsam größer und breitete sich auf dem Kopfkissen aus wie die Fragen in meinem Kopf: Was war das hier nur? Ein Traum im Traum? Oder war ich wach? Mir wurde richtig schwindlig von diesen Fragen. Weil ich mich hellwach fühlte. Aber vielleicht ja doch nur ein geträumter Leon war, der glaubt, er wäre wach, oder wie oder was.

Irgendwann hörte ich Gemurmel. Bei uns in der Wohnung. Ich stand auf und ging so leise wie möglich aus meinem Zimmer. Im Flur war alles dunkel, aber aus dem Wohnzimmer war flackerndes Licht zu sehen. Na klar, Papa hatte den Fernseher angelassen und war davor eingeschlafen. Typisch. Er lag auf dem Sofa, angezogen, die Fernbedienung in der linken Hand, in der anderen hielt er sein Handy. In letzter Zeit schlief er öfters hier im Wohnzimmer. Wenn sein Kopf so auf der Brust lag, hatte er ein starkes Doppelkinn. Der Nachrichtensprecher las aus dem

hellen Fernseher seine Nachrichten ins Dunkel unseres Wohnzimmers. Gerade erzählte er was von Menschen, die spurlos verschwunden waren. Überall in Europa. Seit einigen Wochen. Erst waren es Einzelfälle gewesen, hier ein Mädchen aus einem Waisenheim, dort ein Obdachloser. Aber es wurden wohl immer mehr. Papa schnarchte gleichmäßig. Ich weiß noch genau, dass am Ende des Berichts eine tränenüberströmte Frau in einer blauen Strickjacke zu sehen war, die ein Foto ihrer Tochter ins Bild hielt und sagte: »Einfach weg. Als hätte sie der Erdboden verschluckt.«

Papa schnarchte immer noch leise vor sich hin.

Ich wandte mich ab und ging weiter durch die dunkle Wohnung. Im Flur lagen mein Sportzeug und die kleinen grünen Hausschuhe von Lotti. Im Schlafzimmer schien der Mond auf das Bett von Mama und Papa, aber es war leer. Ich fand Mama bei Lotti drüben, auf der großen Matratze, die sie seit einigen Wochen einfach auf dem Boden ihres Zimmers liegen hatte. Das weiße Pflaster auf Lottis Schläfe leuchtete im Dunkel; Mama hatte den Arm schützend um ihren Bauch gelegt. Zu mir ins Bett kam sie seit Jahren nicht mehr. »Du bist doch schon groß«, sagte sie immer, wenn ich fragte, ob sie zum Einschlafen dableiben könne. Ich fand das sogar jetzt im Traum ungerecht.

Ich wollte näher an die Matratze ran, aber dabei knarzte eine Diele in Lottis Fußboden. Weil ich die beiden nicht wecken wollte, ging ich langsam rückwärts, in den Flur raus. Dachte ich zumindest. Aber als ich durch Lottis Tür getreten war, sagte eine tiefe Stimme hinter mir: »Da bist du ja wieder.«

Ich drehte mich um. Mein Klassenzimmer. Die Stühle und Bänke. Der Schrank mit der Weltkarte. Das Neonlicht. Die bitzelnde Lampe in der Ecke des Raumes. Morpheus lag jetzt in einer schwarzen Hängematte, die zwischen der Tafel und der Fensterwand aufgespannt war. Anscheinend hatte er gerade in seinem dicken, dunklen Buch gelesen. Sobald er mich sah, klappte er es zu und sah mich mit hochgezogenen Augenbrauen an: »Und? Wo hat dich der Gang hingeführt?«

Ich hatte weiche Knie, also setzte ich mich erst mal hin, da, wo heute Morgen Elias gesessen hatte. Ich war so durcheinander, dass ich von hinten anfing. Wie ich Lotti und Mama gesehen hatte. Papa schlafend im Wohnzimmer. Der Fernseher mit den verschwundenen Menschen.

Morpheus nickte mir die ganze Zeit aufmunternd zu. Er hatte einen Arm hinter seinen Kopf gelegt und schaukelte seine Hängematte mit einem Fuß langsam hin und her – das sah richtig gemütlich aus.

Als ich aber anfing davon zu erzählen, wie ich mich selber gesehen hatte, hielt er schlagartig die Hängematte an. Er richtete sich auf und starrte mich an. Fast als wäre er zornig. Er hatte tiefe Falten auf der Stirn und stand langsam auf. Als ich von meiner Verwirrung erzählte, davon, wie ich mich an mein Bett gesetzt und meinen zuckenden Fuß direkt neben mir beobachtet hatte, packte er mich an den Oberarmen. »Du hast dich nicht angefasst, oder?«

Ich erschrak über seine heftige Reaktion.

»Hast du dich angefasst?«, rief er aufgebracht und schüttelte mich. »Dein Traum-Ich? Hast du dich geweckt?«

»N-nein«, stammelte ich.

»Und er – also du, du bist auch nicht von selber aufgewacht?«, fragte er und schaute mich durchdringend an.

»Nein«, wiederholte ich. »Er hat nur geschluckt, als ich geschluckt habe. Und seine Augen haben sich wahnsinnig schnell hinter den Lidern bewegt.«

Morpheus ließ mich los, setzte sich ans Pult und atmete tief aus.

»Was ist los?«, fragte ich. »Du hast mich doch selbst da reingeschickt. Stimmt was nicht?«

Morpheus sagte leise: »Du hattest einen Möbiustraum, gleich in der ersten Nacht.« Er fuhr sich mit der Hand durchs Gesicht, als müsste er unsichtbare Spinnweben entfernen, und murmelte, mehr zu sich selbst: »Glück gehabt.« Dann sah er mich wieder an und sagte mit einem gequälten Lächeln: »Ich konnte ja nicht ahnen, dass du so ein begabter Schüler bist. Unsere Begegnung im Zoo hat sich anscheinend gelohnt.«

»Möbeltraum?«, fragte ich. »Welche Möbel?«

»Das war ein Möbiustraum«, sagte Morpheus. »Ein Schleifentraum.«

Er wartete kurz, dann sagte er: »Schau mich nicht so an. Schleifenträume sind Träume, in denen du siehst, was außerhalb deines Traumes los ist. Du träumst, was tatsächlich gerade im Wachzustand passiert. Ziemlich kompliziert. Und besonders kompliziert, wenn du dir selber dabei zuschaust, wie du träumst, dass du dir zuschaust. Oder umgekehrt: Wenn du träumst, dass du dir dabei zuschaust, wie du träumst.«

Das war zu viel für mich. Ich muss ihn ziemlich dämlich angeguckt haben.

Er lachte leise und sagte dann: »Hab Geduld, das lernst du alles.«

»Und warum nennst du das … Möbel… Möbius…?«

»Oje«, seufzte Morpheus und sagte wieder eher zu sich selber als zu mir: »Kinder. Warum muss ich wieder ein Kind unterrichten?«

Er zog sich ein ledernes Armband vom Handgelenk, hielt es mir vors Gesicht und drehte es langsam. Auf dem Band stand: »… eine geschichte, die mit dem satz anfing: es war einmal eine geschichte, die mit dem satz anfing: es war einmal …«, und so weiter. Auf der Innenseite des Bandes stand: »… eine geschichte, die mit dem satz endete: es war einmal eine geschichte, die mit dem satz endete: es war einmal …«, und so weiter.

Morpheus öffnete jetzt den silbernen Verschluss des Armbands, verdrehte es einmal in sich selbst und klickte es wieder zusammen. »Siehst du?« Er drehte das Armband wieder vor meinen Augen und legte es mir in die Hand. Es sah aus wie eine Acht. Innen wurde außen wurde innen. Jetzt stand da: »… es war einmal eine geschichte, die mit dem satz anfing: es war einmal eine geschichte, die mit dem satz endete: es war einmal eine geschichte …«

Während ich das Armband langsam drehte und drehte, kam es mir vor, als würde sich der verdrehte Satz in meinen Kopf reinbohren wie eine Spirale.

»Hör lieber auf damit«, sagte Morpheus. Er nahm das Armband wieder an sich. Während er es öffnete, über sein Handgelenk legte und dann wieder verschloss, sagte er: »Innen wird zu außen wird zu innen wird zu außen – und endlos so weiter … Das ist ein Möbiusband. Kann man verrückt von werden.«

»Kapier ich nicht«, sagte ich. »Was hat dein verdrehtes Band mit meinem Traum zu tun?« Ich fuhr mit meinem Finger über das Armband. Altes Leder. Fühlte sich gut an. Trocken und weich.

»Du musst es nicht verstehen«, sagte er. »Wir haben einfach nur Riesenglück, dass du dich im Traum nicht aufgeweckt hast.«

»Warum denn? Was wär dann passiert?«

Morpheus zwirbelte einige Haare seines Bartes und sagte sehr ernst: »Ich fürchte, dann würdest du jetzt nicht mehr hier stehen.«

»Was?« Ich sprang auf und zeigte auf die Tafel. »Heißt das, ich hätte da drin wirklich sterben können?«

Ich merkte, wie eine Riesenwut in mir aufstieg. Aber im selben Moment fing dieses leise Geräusch an. Ein ganz leichtes Zischen. Oder Rieseln. Es schien von überall zu kommen. Ich schaute mich um, konnte aber nicht erkennen, wo es herkam. Ich wollte gerade auf Morpheus losgehen, so wütend, wie ich war – als ich plötzlich die

Fensterbank unseres Klassenzimmers sah. Direkt hinter Morpheus. Die war aus glattem hellem Stein. Jetzt rieselte lauter Sand raus. Wie Wasser. Dasselbe passierte mit dem Vorhang daneben. Er schien sich in Sand aufzulösen. Ich sah, wie der Vorhang nach oben hin schrumpfte, während der Sand aus ihm rausrauschte. Das Geräusch wurde immer lauter. Alle Dinge im Raum lösten sich anscheinend rasend schnell in Sand auf und sackten in sich zusammen.

Ich selbst hatte mich, ohne es zu merken, in meiner Wut mit beiden Händen an Elias' Stuhl festgehalten. Und ich weiß noch genau, wie unheimlich sich das auf einmal anfühlte: Das harte, glatte, feste Holz, das plötzlich zwischen meinen Fingern zerrann, und dann hatte ich nur noch diesen krisseligen, trockenen Sand in den Händen. Es war ein so seltsames Gefühl, dass ich die Hände erschrocken zurückzog, als hätte ich einen elektrischen Schlag bekommen. Die Lehne war schon ganz zerfallen, aber auch die Sitzfläche und die Beine sackten in den Boden, als würden sie im Zeitraffertempo schmelzen.

Morpheus hatte, als das Sandgeriesel begann, ganz ruhig die Hängematte von der Wand genommen und sich sein schwarzes Buch gegriffen. Jetzt zog er seine alte silberne Uhr aus der Jackentasche, die ich schon im Zoo gesehen hatte.

»Tja«, seufzte er. »Tempus fugit, wie wir früher zu sagen pflegten, die Zeit vergeht so rasend schnell, wir müssen morgen weitermachen.«

Inzwischen war auch das Parkett zu Sand geworden. Der ganze Boden, der gerade noch stabil und fest gewesen war, geriet ins Schwimmen und bewegte sich wie eine zähe Puddingmasse in die Mitte des Raumes, als ob darunter ein Schlund oder Trichter läge, der alles einsaugte. Wir standen knöcheltief in diesem Sand, der immer weiter an uns vorbeirutschte in den Trichter hinein.

Und die Fenster unseres Klassenzimmers wurden immer größer, ja, sie schienen sich jetzt, als die Wände und Vorhänge weggerieselt waren, zu einer durchgehenden Glaswand zu vereinen, hinter der die undurchdringlich schwarze Nacht lag. Nach etwa einer Minute standen wir zwei allein am Grund eines großen runden Glasgewölbes. Waren wir im Inneren einer riesigen Sanduhr? In einem dieser Gläser, die ich im Kiosk gesehen hatte? War das jetzt auch noch Teil eines Möbiustraums?

Das Irrste aber kam noch: Plötzlich näherte sich von außen, aus dem tiefen Dunkel, ein riesengroßes Auge. Ein uraltes runzeliges Frauengesicht stierte grinsend durch die Glaswand zu uns herein. Ich kam mir vor wie ein winziger Fisch in einem Aquarium, in das die Menschen im Zoo glotzten. Die riesige Alte mit ihren kratertiefen Falten drehte da draußen im Dunkel ihr Gesicht zur Seite und sagte irgendwas. Dann zog sich ihr Kopf zurück und verschwand im Schwarz der Nacht. Woah. Als hätte ein hungriger Tyrannosaurus Rex nach Futter gesucht.

»Wirklich ärgerlich«, murmelte Morpheus, der neben mir im Sand stand. »Ich mach das jetzt schon so lange und vertu mich immer noch mit der Zeit.« Dann sah er mich mit durchdringendem Blick an und sagte: »Morgen Nacht wieder hier. Sei pünktlich, hörst du? Du musst mir unbedingt helfen.«

# 5

Ich wurde von Mamas Stimme geweckt. »Peter! Pe-ter!« Sie rief aus dem Wohnzimmer.

Papa antwortete muffig aus der Küche: »Hmmm?«

Ich streckte mich in meinem Bett. Sieben Uhr morgens. Ich rieb mir die Augen, stützte mich auf den Ellbogen und sah mir mein Kopfkissen an. Tatsächlich, ein kleiner feuchter Fleck, anscheinend sabber ich wirklich nachts im Schlaf.

»Peter, kommst du mal?«, rief Mama. »Hier ist lauter Sand am Boden.«

Papa nuschelte: »Was? Warte mal.«

Zeitungsrascheln. Und seine Schritte im Flur.

Ich ging in die Küche und hörte, wie Mama und Papa im Wohnzimmer diskutierten.

»Überall«, sagte Mama, »bei Leon, im Flur, bei Lotti und hier im Wohnzimmer. Wo kommt das her?«

»Weiß ich doch nicht«, sagte Papa.

Als ich am Frühstückstisch nach dem Crunchymüsli griff, fiel mein Blick auf die Zeitung, die Papa anscheinend schnell auf den Boden geworfen hatte, als Mama ihn gerufen hatte. Die Seite, die offen dalag, zeigte ein großes Zoogehege. Dazu eine Riesenüberschrift: »Einbruch im Tierpark? Leitwolf und Fledermäuse spurlos verschwunden.«

Das war genau das Wolfsgehege, an dem ich gestern Nachmittag vorbeigekommen war. Auf einem anderen Foto stand ein dicklicher Pfleger, der ratlos dreinschaute. Neben ihm ein hagerer, großer Mann im schwarzen Anzug. Er trug eine dunkle Sonnenbrille, hatte einen knochigen Schädel und schaute mit versteinertem Gesicht in die Kamera. Er sah streng aus, streng oder wütend. Und wirklich unheimlich.

Unter dem Bild stand ein Text: »Als der Tierpfleger Markus Möller gestern gegen 18 Uhr die Wölfe füttern wollte, stellte er fest, dass der Leitwolf verschwunden war. Es handelt sich um einen griechischen Bergwolf namens Kerberus. Die herbeigerufene Polizei fand keinerlei Spuren eines Einbruchs. Noch merkwürdiger wirkt das Ganze, weil auch alle 81 Fledermäuse aus dem erst vor Kurzem eröffneten Fledermaushaus verschwunden sind. Es ist kaum vorstellbar, wie der Wolf von allein aus dem Gehege gekommen sein soll.

›Der Wassergraben ist zwei Meter breit, dahinter kommt eine Mauer, die die Wölfe unmöglich überwinden können‹, erläuterte Doktor Krato, der Ehrenvorsitzende der

Freunde Hellabrunns, der dem Zoo vor einem halben Jahr den Wolf gemeinsam mit dem Fledermaushaus gespendet hat. Aber auch die Möglichkeit eines Einbruchs schlossen er und der Pfleger aus.

›Wir haben das Gehege erst kürzlich neu einzäunen lassen, mit einer großzügigen Geldspende von Doktor Krato‹, betonte Markus Möller. ›Auf der Mauer läuft sogar ein elektrischer Zaun entlang.‹

Fast noch mehr wunderte sich Möller über das Verschwinden der Fledermäuse: ›Die Tiere würden niemals von sich aus ins taghelle Freie fliegen‹, erklärte der Pfleger. Das Zoogelände wurde zweimal abgesucht, ohne Ergebnis. Wegen der polizeilichen Ermittlungen bleibt der Tierpark fürs Erste geschlossen.«

Unter dem Text war noch ein drittes Foto. Es zeigte einen silbergrauen Wolf, der ruhig in die Kamera schaute. Die Bildunterschrift war nicht besonders originell: »Verschwunden – Kerberus.« Kein Zweifel. Das war der Wolf, der mich gestern so seltsam angesehen hatte.

Eine halbe Stunde später kam ich ins Klassenzimmer und wunderte mich, dass nichts mehr zu sehen war von der vergangenen Nacht. Träume sind normalerweise wirr und seltsam, während sie passieren, und nach dem Aufwachen wehen einem nur noch Teile davon wie Fetzen durch die Erinnerung. An diese Nacht aber erinnerte ich mich so klar wie an meinen ersten Besuch im Bayern-Stadion mit Papa. Oder an die Wochen am Atlantik in den Sommerferien. Da, wo jetzt Herr Pallenberg seine Mathe-Sachen ordnete, hatte Morpheus gestanden. Da, wo auf der Tafel wieder seine Kreideformeln standen, war ich in den Tunnel gestiegen. Und da, wo Morpheus seine Hängematte aufgespannt hatte, hingen das große Geodreieck und der Zirkel an der Wand.

Auch sonst war alles wie immer. Die Sonne schien ins Klassenzimmer. Nina saß über ein Buch gebeugt. Max spielte unter der Bank auf seinem Handy. Hinter ihm standen Robert und noch ein paar Jungs und guckten zu. Max hatte immer die allerneuesten Spiele dabei. Sein Vater arbeitete bei Nychtos, einer Computerspiele-Firma, die seit einiger Zeit wahnsinnig angesagt war. Max war ja sowieso der Klassenking, Sport-Ass, große Klappe, coole Klamotten … Aber dadurch dass er auch noch dauernd neue Geräte und Spiele mitbrachte, verehrten ihn einige, dass es fast schon lächerlich war.

Robert hüpfte dauernd hinter Max' Stuhl auf und ab und rief, wie wahnsinnig geil das sei und ob er auch mal dürfe. Max reagierte gar nicht auf ihn, sondern spielte stumm weiter.

Ich schaute nach draußen, um zu sehen, ob da wieder eine Fledermaus war. Aber nichts. Nur der Sportplatz, der Pausenhof und die Fahrräder. Ich musste einige Minuten vor mich hin geträumt haben, als plötzlich eine Stimme hinter mir »hallo« sagte.

Ich drehte mich um. Elias saß auf seinem Platz, hatte die Arme verschränkt und sah zu mir.

»Oh, hallo«, sagte ich.

Elias sagte nichts.

»Alles klar?«, fragte ich.

»Nein«, sagte Elias, »alles unklar.«

Na super, dachte ich, das wird ja eine tolle Zeit neben diesem Klotz. Ich hatte nicht die leiseste Ahnung, wie sehr ich damit recht behalten sollte. Es wurde tatsächlich die tollste und spannendste Zeit, die ich je erlebt habe.

# 6

Nach der Schule ging ich direkt zu unserem Schuppen. Weil ich unbedingt allein sein wollte. Nachdenken. Über diesen Morpheus. Über den Traum, in dem ich mich selbst gesehen hatte. Und, na ja, über alles.

Dass wir den Schuppen gefunden hatten, fühlte sich immer noch wie ein großes geheimes Geschenk an. Ein vergessener Ort, der nur uns gehörte. Für mich ganz besonders, weil ich erst seit dieser Entdeckung das Gefühl hatte dazuzugehören. Banden hatte ich immer nur aus Büchern oder Filmen gekannt. Und plötzlich gehörte ich selbst zu einer. Max war zwar ziemlich nervig mit seiner Angeberei, aber es fühlte sich trotzdem viel besser an als früher, als ich gar niemanden hatte.

Auf der einen Seite des Schuppens führten die Gleise entlang. Sie waren so nah, dass man schon eine halbe Minute, bevor ein Zug vorbeikam, dieses hohe Sirren in den Schienen hörte. Wenn dann der Zug vorbeirauschte,

bebte der ganze Schuppen. Auf der anderen Seite wucherten Büsche so dicht und hoch, dass sie unser Versteck völlig verdeckten.

Das Seltsamste an dem Schuppen ist der Getränkeautomat. Der stand da schon drin, als wir ihn fanden. Mit Getränken. An die wir nur leider nicht rankamen, weil der Automat nicht funktionierte. Daneben zwei durchgesessene Stühle, einer rechts, einer links, als ob hier ab und zu zwei Freunde vorbeikommen würden, um gemeinsam eine Cola oder ein Bier aus dem Automaten zu trinken und zu reden. Übers Leben. Oder worüber Erwachsene immer so reden. Weiß ich eigentlich bis heute nicht. Ich weiß nur, wenn Mama und Papa Freunde treffen, bedeutet das, sie sitzen an einem Tisch und reden mit denen. Immer nur: hinsetzen und reden. Sommer – hinsetzen auf der Terrasse. Winter – hinsetzen im Wohnzimmer. Nachmittags reden mit Kaffee, abends reden mit Wein oder Bier.

An dem Nachmittag, als wir den Schuppen entdeckten, trauten wir uns erst gar nicht rein, weil wir dachten, dass sicher gleich jemand kommt, sich's hier gemütlich macht und aus dem Automaten was zu trinken zieht. Als wir dann aber doch reingingen, sahen wir, dass die Stühle voller Spinnweben waren. Und als ich mich umschaute, entdeckte ich an der Wand, direkt unterm Dach, drei Schwalbennester. Die hätten sich ja wohl kaum da drinnen eingenistet, wenn hier oft Menschen gewesen wären. Wir sahen uns an und wussten: Das ist ab heute unser Ort.

Jetzt stand neben dem Getränkeautomaten das kleine grüne Sofa, das Max und Robert am Tag zuvor, als ich mit Lotti im Zoo gewesen war, hergeschleppt hatten. Ich legte mich drauf, guckte auf die leeren Schwalbennester und dachte an diesen Morpheus. Hatte der mich im Zoo angelockt? Aber warum ausgerechnet mich? Oder war unsere Begegnung doch Zufall gewesen? Und ich hatte das Ganze nur geträumt? Aber der Sand in unserer Wohnung … Und an den Traum erinnerte ich mich noch so klar wie an den Tag zuvor: der Tunnel, der Atem im stockdunklen Fels, das gruselige Gefühl, als ich mich selbst in meinem Bett gesehen habe, Morpheus' Erschrecken, als ich ihm davon erzählte – das hatte sich alles genauso wirklich angefühlt wie vorher der Besuch im Zoo oder wie der Moment, als wir von Herrn Pallenberg umgesetzt worden waren.

Während ich so rumgrübelte, hörte ich plötzlich draußen ein Knacksen. Äste. Und Blätterrascheln. Da waren Schritte, die näher kamen. Und noch irgendein seltsames Geräusch. Waren das Schreie? Ja, eindeutig, da schrie jemand. Leise. Aber er schrie. Ich lag starr auf dem Sofa und sah durch das Fenster, dass sich die Sträucher vor der Hütte leicht bewegten. Irgendjemand schien hierherzukommen.

Jetzt lief er draußen an der Wand entlang. Kleine Schritte. Knirschender Kies. Pirschte der sich an? Wieder die leisen Schreie, die nach einem Kampf und großen Schmerzen klangen. Das Rascheln der Blätter. Ich hielt den Atem an. Wer auch immer da draußen rumschlich, war jetzt höchs-

tens noch einen halben Meter entfernt, uns trennten nur die Sofalehne und die dünne Holzwand. Ich lag stocksteif da, sah mich im Schuppen um und überlegte, wo ich mich verstecken könnte. Kurze Stille. Dann konnte ich unter dem Türschlitz den Schatten von zwei Beinen erkennen. Und hörte wieder die Schreie. Mist, wo sollte ich nur hin? Hinter den Getränkeautomaten?

Da flog die Tür auf.

Max!

»Boah ey«, rief ich erleichtert.

»Ah!«, schrie er und sprang zurück.

»Mensch, hast du mich erschreckt!«, sagten wir beide gleichzeitig.

Als ich ihn in der Tür stehen sah, verstand ich, wo die Schreie herkamen: Er hatte sein neues Spiel dabei, mit dem er am Morgen unter der Bank rumgedaddelt hatte. Als er meinen Blick bemerkte, schwenkte er triumphierend das Handy und sagte: »Sooo geil! Das Spiel ist der Hammer. Und das Handy …« Er setzte sich neben mich, ohne seinen Rucksack abzunehmen. »… schau dir das an.«

Auf den ersten Blick sah es aus wie jedes normale Handy. Schwarzes Gehäuse, großer Touchscreen. Aber sobald Max drauftippte, verstand ich, was ihn daran so faszinierte. Es sah aus, als wäre da gar kein Glas zwischen dem Finger und dem Spiel.

»Wow«, sagte ich.

»3D«, sagte er. »3D ohne 3D-Brille. Und noch echter.«

Max übertreibt dauernd, aber diesmal hatte er recht.

Es sah aus, als könnte man in sein Handy reingreifen. Und als wäre darin ein endlos tiefer Raum.

»Das testet die Firma von meinem Papa gerade, das wird der Riesenerfolg.«

»Und das Spiel?«, fragte ich.

Auf dem Bildschirm sah man einen Jungen, der durch einen riesigen dunklen Wald rannte. Manchmal drehte er sich mitten im Laufen um, er schien riesige Angst zu haben. Hinter ihm hörte man Schüsse. Und Schreie, wahrscheinlich von den Typen, die den Jungen jagten. Das waren wohl auch die Schreie gewesen, die ich vorhin gehört hatte. Max konnte den Jungen steuern, indem er das Handy nach links oder rechts kippte. Der Junge sah irre echt aus.

»Meiner heißt Antec«, sagte Max.

Der Junge sah ihn panisch an, als Max seinen Namen nannte. Dieser Blick war anders als bei normalen Spielen. Der Junge schaute nicht einfach in unsere Richtung, der schaute wirklich aus dem Handy raus. Erst blickte er mir kurz in die Augen, dann Max, als wollte er sehen, wer seinen Namen gerufen hatte.

Ich schluckte. »Wie meinst du das – meiner heißt Antec?«

»Jeder Spieler hat einen eigen... Scheiße, jetzt hab ich ihn verloren.«

Man sah nur noch den dichten Wald, aber der Junge schien sich in Luft aufgelöst zu haben.

Max musste neu starten. Auf dem Bildschirm flim-

merte eine grünlich leuchtende Sanduhr als Zeichen, dass es jetzt ein paar Sekunden dauern würde. Max murmelte noch mal: »Scheiße«, und sagte gehetzt: »Stell keine Fragen, okay? Das Spiel ist so programmiert, dass es abbricht, sobald man sich mit etwas anderem beschäftigt.«

»Okay«, sagte ich, »ich lass dich in Ruhe spielen. Aber sag mir wenigstens, wie es heißt.«

Max starrte ungeduldig auf die Sanduhr und murmelte nur: »Das Spiel.«

»Hä?«

»Das Spiel heißt ›Das Spiel‹.«

»Das Spiel heißt das Spiel? Willst du mich verarschen?«

»Es ist *das* Spiel«, sagte er. »Weil es echter und größer ist als alles bisher. Weil alle anderen Spiele im Vergleich dazu langweilig und unecht sind. Und weil jeder sein eigenes hat.«

»Wie meinst du das?«

»Jeder, der das Handy kauft, bekommt ›Das Spiel‹ dazu. Und jeder hat eine eigene Figur, der er bei ihrer speziellen Verfolgungsjagd hilft. Meiner heißt Antec und der von Robert heißt Enno. Aber das Geilste ist: Jeden Morgen wird dir eine neue Version deines Spiels draufgeladen. Ein neues Level. Nur für dich. Jeden Morgen. Das hört nie auf und …«

Das Handy leuchtete dunkelgrün auf.

»Ah«, sagte Max gierig. »Es geht weiter. Vergiss es, ich … Komm, lauf! Lauf doch!! Na mach schon!«

Das Spiel hatte wieder angefangen. Antec lief bergauf

durch den Wald und schien nach einem Versteck zu suchen. Max starrte wie hypnotisiert auf das Handy und steuerte Antec nach links, als der plötzlich aus dem Display rief: »Hey, nein, ich muss rechts! Dahinten ist es besser.«

»Kann der mit dir reden?«, fragte ich.

»Ssst«, zischte Max nervös und steuerte nach rechts, wo eine Felswand sichtbar wurde. Antec kletterte daran hoch und zog sich am Ende auf ein Plateau, auf dem er erschöpft zu Boden sackte. Max wollte ihn weiterschicken und drückte ein paar Tasten, aber Antec blieb mit geschlossenen Augen liegen und hob schwer atmend die Hand. »Moment, ich brauch Pause.«

»Wo will der eigentlich hin?«, fragte ich flüsternd.

»Keine Ahnung«, sagte Max. »Hauptsache weg.«

»Ich will … «, sagte Antec.

In dem Moment verdunkelte sich das Display.

»Mann!«, rief Max und sah mich wütend an. »Ich hab dir doch gesagt, du sollst die Klappe halten. – Was machst du eigentlich hier?«

Ohne meine Antwort abzuwarten, drehte er sich um und schaute hinters Sofa. Er hatte immer noch seine Jacke an und den Schulranzen auf dem Rücken. »Akku ist auch fast alle. Gibt's hier 'ne Steckdose?«

»Nur die hinterm Getränkeautomaten«, sagte ich, »aber die ist kaputt.«

Max versuchte es trotzdem, steckte sein Ladekabel hinein und wartete, ob das Batteriesymbol aufleuchten würde.

»Iiih«, sagte er und hielt zwischen den Fingern eine schwarze Nacktschnecke. »Die kriecht hier über die Rückseite unseres Sofas.« Er warf die feucht glänzende Schnecke angeekelt weg und drehte sich wieder um zur Steckdose. »Hast recht, geht nicht. Scheißschuppen. So 'ne feuchte Bruchbude. Und du quasselst zu viel. Ich geh zu Robert. Aber ich sag dir was: Das Spiel wird die absolute Sensation. Ciao.«

Weg war er. Kurz hörte ich noch das Rascheln der Sträucher, dann war es still.

Ich legte mich wieder aufs Sofa. Aber Mist: Als ich hergekommen war, wollte ich unbedingt allein sein. Jetzt, wo Max weg war, fühlte sich das Alleinsein plötzlich doof an. So einsam. Ich nahm vorsichtig die Nacktschnecke, die sich auf dem Fußboden um sich selber krümmte, setzte sie draußen ins Gebüsch und ging langsam nach Hause.

# 7

Ich hab dann Hausaufgaben gemacht und bin später bisschen mit dem Fahrrad rumgefahren. Hab bei Robert geklingelt, doch der hat nicht aufgemacht. Bei Nina stand ich kurz vor der Haustür, aber hab mich nicht getraut zu klingeln. Am Ende hab ich mir Chips an der Tanke geholt und bin wieder heimgeradelt.

Währenddessen hatte ich den ganzen Quatsch mit Morpheus fast vergessen. Aber abends kam alles wieder zurück. Mit voller Wucht. Wie eine Welle, die einen einfach umreißt. Und zwar als ich mit Papa Logo guckte, die Kindernachrichten. Erst war alles ganz normal. Sie erzählten was über die Wahl. Darüber, wie viel die Politiker im Wahlkampf jeden Tag rumfahren müssen, kreuz und quer, von Stadt zu Stadt, und ich hörte gar nicht zu, sondern träumte vor mich hin. Aber dann kam diese Nachricht … Es war, als würde mir ein Liter Eiswasser das Rückgrat runterlaufen.

Nicht weil die Nachricht selbst so unheimlich war. Sondern weil ich sie genau so in der Nacht zuvor geträumt hatte. Wort für Wort. Bild für Bild. Der Nachrichtensprecher berichtete, dass in ganz Europa immer mehr Menschen spurlos verschwanden. Männer, Frauen, aber vor allem Kinder. Es gab keine Toten, keine Spuren von Entführungen, kein Blut und keine Erpresserbriefe. Es gab nur weinende Familien. Frauen, die erzählten, dass ihre Männer plötzlich weg waren. Eltern, die sich nicht erklären konnten, wo ihre Kinder hingegangen sein könnten. Und Kinder, die von einem Tag auf den anderen auf sich allein gestellt waren, weil ihre Eltern nicht wiederkamen.

Man sah jetzt eine Frau in einer blauen Strickjacke, die mit verheulten Augen das Foto eines Mädchens in die Kamera hielt und sagte, ihre zwölfjährige Tochter sei vor zwei Wochen nicht mehr aus der Schule zurückgekommen. Dann zeigte sie eine Art Abschiedsbrief, in dem das Mädchen nur geschrieben hatte, dass die Mutter sich keine Sorgen machen solle.

Mein Herz klopfte so stark, dass ich das Pochen in der Halsschlagader spürte. All das hatte ich haargenau so gesehen, als ich in meinem Traum durch die Wohnung ging und Papa schlafend auf der Couch fand. Jetzt saß er hier neben mir und hörte mit mir zusammen, wie die tränenüberströmte Frau sagte: »Einfach weg. Als hätte sie der Erdboden verschluckt.«

Ich schaute heimlich zu Papa rüber, ob er das auch

merkwürdig fand. Tat er natürlich nicht. Aber ich. Es waren wortwörtlich die Sätze, die ich aus der Nacht zuvor behalten hatte. »Einfach weg. Als hätte sie der Erdboden verschluckt.«

Ab dem Moment fürchtete ich mich richtig davor, ins Bett zu gehen und diesen Morpheus wiederzutreffen. Mir graute schon vor dem Gedanken, überhaupt allein in mein Zimmer zu gehen.

Draußen wurde es gerade dunkel. Ich starrte auf den Fernseher, aber hörte gar nicht mehr, was da gesprochen wurde. Ich fragte Papa, ob wir nicht was spielen könnten.

»Was denn spielen?«, fragte er entgeistert. »Jetzt läuft doch *Logo*.«

»Keine Lust mehr«, sagte ich, nahm die Fernbedienung, die zwischen uns lag, und machte einfach aus. Der Bildschirm wurde schwarz und es war plötzlich ganz still im Wohnzimmer.

»He«, sagte Papa, »was ist denn los?«

»Nichts, ich hab nur keine Lust auf *Logo*.«

»Warum denn?«, fragte Papa. »Ich darf doch sonst auf keinen Fall umschalten und jetzt machst du selber aus? Was ist mit dir?«

Ich schaute weiter auf den schwarzen Bildschirm. Was sollte ich schon sagen? Dass ich in meinem Traum mit einem alten Mann in Zoowärterkleidung verabredet war? Dass ich diese Nachricht aus dem Fernseher in der vergangenen Nacht geträumt hatte? Dass Papa dabei geschlafen hatte, genau dort, wo er jetzt saß? Wenn ich all das

gesagt hätte, wäre Papa bloß wieder wütend geworden. Er sagte doch sowieso dauernd, dass ich nicht so viel träumen soll.

Papa nahm mir die Fernbedienung weg und schaltete wieder an.

»Find ich ja gut, wenn du weniger fernschaust«, sagte er. »Aber gleich kommt die Tagesschau und die will *ich* sehen. Du hast deine Nachrichtensendung, ich hab meine.«

Ich stand auf und ging in den Flur. Aus dem Wohnzimmer hörte ich die Anfangsmelodie der Nachrichten und den immer gleichen Satz: »Hier ist das Erste Deutsche Fernsehen mit der Tagesschau.«

Durch meine Zimmertür sah ich auf mein ordentlich gemachtes Bett. Das weiße Kopfkissen, die glatte Decke – das Ganze kam mir vor wie eine gut getarnte Falle, hinter der dieser seltsame Morpheus auf mich wartete. Ich nahm mir vor, heute Nacht einfach nicht in meinem Bett zu schlafen. Nachdem ich diesen Entschluss gefasst hatte, ging's mir wieder besser, und die Angst – na ja, sie verschwand nicht, aber ich hatte auch nicht mehr das Gefühl, dass ich gegen den Schlaf keine Chance habe.

Ich ging in die Küche und holte mir eine große Cola und die Zeitung. Dann knipste ich in meinem Zimmer alle Lichter an und setzte mich in den roten Sitzsack, der neben meinem Schreibtisch steht. Ich öffnete die Cola und blätterte die Zeitung durch bis zu dem Artikel über den geklauten Wolf. Ich las mir die ganze Geschichte noch mal durch, Kerberus und die Fledermäuse, Doktor Krato, das leere Gehege, der seltsame Diebstahl … Aber während ich las, sah ich aus dem Augenwinkel plötzlich eine ganz leichte Veränderung.

Der Wolf.

Kerberus.

Auf dem unteren Foto.

Der hatte seinen Kopf bewegt.

Ich starrte das Bild an. Das konnte nicht sein. Fotos bewegen sich nicht. Kerberus starrte zurück. Die spitzen Ohren, die lange Schnauze, die Barthaare, die eisgrauen Augen – alles schien eingefroren. Aber dann blinzelte er doch. Ganz kurz nur. Aber eindeutig. Ich schluckte. Kerberus sah mich ruhig und unbeweglich an. Ich starrte so lange auf das Bild, bis meine Augen feucht wurden. Da. Wieder. Er hatte geblinzelt und den Kopf ein wenig gesenkt. Mir wurde schwindlig. Ich schloss kurz die Augen.

# 8

Als ich sie wieder aufmachte, schaute ich Kerberus in die Augen. Nur dass es jetzt kein Foto, sondern der echte Wolf war. In voller Größe.

Er saß vor mir, vielleicht einen Meter entfernt, und fixierte mich. Mann, war der riesig. Ich sah, wie muskulös seine Vorderläufe waren, und rührte mich nicht vom Fleck. Sein Fell roch nach Erde, Feuchtigkeit und Wald. Am liebsten hätte ich geschrien, aber wie reagiert ein ausgewachsener Wolf, wenn ein zwölfjähriger Junge direkt vor ihm schreit? Ich muss sehr schockiert gewesen sein, weil ich erst nach einiger Zeit merkte, wo ich überhaupt war. Im Klassenzimmer. Es war leer geräumt. Keine Tische und Stühle mehr. Stattdessen der rote Sitzsack, auf dem ich wie gelähmt saß. Und hinter Kerberus ein Sofa. Es sah haargenau so aus wie das Sofa bei uns zu Hause im Wohnzimmer: grüne Streifen, die Füße aus hellem Holz … An der Wand lehnten drei Gemälde.

Morpheus lag in der Hängematte und schien konzentriert in seinem schwarzen Buch zu lesen.

»Ah, gute Nacht, Leon«, sagte er, ohne aufzublicken. Er sagte »Gute Nacht«, wie andere »Guten Morgen« sagen. So im Ton von: Los geht's! Toller Tag! Lass uns beginnen!

Ich erwiderte nichts, sondern starrte wieder auf den Wolf und seine hypnotischen grauen Augen.

Morpheus blickte kurz von seinem Buch auf und murmelte: »Hab keine Angst, der tut nichts.« So wie das Leute manchmal über ihre kleinen Hündchen sagen. Das Vieh hier hatte aber Reißzähne, die so lang waren wie die Klingen unserer Frühstücksmesser.

Morpheus schnalzte zweimal kurz mit der Zunge und der riesige Wolf drehte sofort den Kopf zu ihm. »Komm her, Kerberus«, sagte er, während er weiterlas.

Kerberus stand auf, ging zur Hängematte rüber und setzte sich dort wieder hin. Jetzt kam mir der Wolf fast noch größer vor. Er konnte sein Kinn auf die Hängematte legen.

Morpheus tätschelte ihm den Kopf und sagte leise: »Gut gemacht.« Zu mir sagte er: »Ich hab's gleich.« Dann las er weiter. Er fuhr an jeder Zeile mit dem Zeigefinger entlang, wie ein Erstklässler, der sich durch die einzelnen Buchstaben kämpfen muss.

Ich stand vorsichtig auf und ging in Richtung der Hängematte. Kerberus regte sich nicht. Als ich näher kam, sah ich, warum Morpheus so seltsam las. An seinem schwarzen Buch war tatsächlich alles schwarz. Nicht nur der Einband, sondern auch die Seiten. Ich konnte keinerlei Text sehen. Es war, als hätte jemand das ganze Buch in Teer getaucht. Aber da, wo Morpheus mit dem Finger entlangfuhr, wurde es hell. Als hätte er eine Taschenlampe in der Fingerkuppe. Im Umkreis dieses Lichtscheins waren weißes Papier und darauf ein Text zu erkennen, in zittriger Handschrift, mit alter bräunlicher Tinte. Sobald sein Finger weiterglitt, verdunkelte sich die Stelle wieder. Morpheus las das Buch in großer Eile, so als suchte er fieberhaft eine bestimmte Stelle.

»Was liest du da eigentlich?«, fragte ich.

»Oh«, sagte Morpheus, klappte schnell das Buch zu und umfasste es mit beiden Händen. Als hätte ich ihn bei etwas Verbotenem ertappt.

»Ich suche etwas«, sagte er. »Aber du siehst ja, ist schwer bei der Dunkelheit.«

Dann sprang er überraschend schnell aus seiner Hängematte. Nicht wie ein alter Mann mit Bart. Eher wie ein Sportler. Er lächelte, aber er wirkte ziemlich nervös. Wahrscheinlich wusste er da ja längst, dass wir nur ein paar Nächte Zeit haben würden. Und tief unten, im Keller der Schule, hatten wohl auch schon die brutalen Plünderungen angefangen.

Ich schaute mich im leeren Klassenzimmer um. Der Sitzsack, das Sofa, die Gemälde, die Hängematte, all das wirkte, als wollte sich hier jemand einrichten. Trotzdem waren da noch die Tafel, das Geodreieck und der Schrank. Eine seltsame Mischung aus total ungemütlich und Wohnzimmer. Der Boden war angenehm warm.

»Gefällt es dir?«, fragte Morpheus. »Dein Sitzsack, euer Sofa. Sollst dich ja ein bisschen zu Hause fühlen hier. Ich hab sogar extra für dich eine Fußbodenheizung installiert.«

»Na ja«, sagte ich. Ich wollte ihn nicht verletzen, aber wenn man nachts allein im eigenen Klassenzimmer steht und neben einem sind ein riesiger Wolf und ein seltsamer Mann, der in einem schwarzen Buch liest –, also, wohlfühlen geht anders, egal ob Fußbodenheizung oder nicht.

Während ich mich umsah, fiel mein Blick auf die drei Gemälde, die an der Wand lehnten. Auf dem linken war der schlafende Morpheus unter einem Sternenhimmel zu sehen, auf dem rechten die vornehme Frau, der ich im Schulgang begegnet war. Sie trug dasselbe schwarze Kleid wie in der Nacht zuvor und blickte vornehm aus dem Gemälde heraus. Das Bild in der Mitte hatte jemand zur Wand gedreht, man sah nur die Rückseite.

»Wer ist da drauf?«, fragte ich.

»Was man sich halt so an die Wand hängt«, sagte Morpheus und winkte dabei ab, als wollte er nicht darüber reden.

»Wieso? Wer ist das denn?«

»Das rechts ist meine Schwester.«

»Ich mein aber das in der Mitte.«

»Das war mal mein Bruder.«

»Ist er gestorben?«

Morpheus schnaubte kurz, dieses tonlose Lachen, das Erwachsene manchmal haben und bei dem sie keine Miene

verziehen. Dann sagte er: »Schön wär's. Übrigens können wir gar nicht sterben.«

»Nie? Wie alt bist du denn?«

»Oje«, sagte Morpheus. »Ich und Zahlen, das haut nie hin. Seit wann träumen die Menschen denn?«

»Hmm«, sagte ich. »Weiß nicht. Ich denke, immer schon.«

»Eben«, sagte Morpheus. »Sagen wir, ich bin alt. Wirklich alt.«

»Aber wenn dein Bruder nicht tot ist, was ist dann mit ihm? Warum hast du sein Bild umgedreht?«

»Ich kann ihn einfach nicht mehr sehen«, sagte Morpheus und der Satz klang bedrohlich, so wie er ihn knurrte. »Aber das ist jetzt nicht wichtig. Wir beide, du und ich, wir haben wenig Zeit. Vielleicht zu wenig. Deshalb hab ich Kerberus vorhin gebeten, dich, so schnell es geht, ähm, hier rüberzublinzeln. Lass uns einen kleinen Rundgang machen. Du musst dich ja auskennen bei uns.«

Er tätschelte Kerberus noch mal den Kopf. »Bleib schön hier. Wir sind hoffentlich bald wieder da.«

Als Morpheus die Tür des Klassenzimmers öffnete, legte sich der Wolf mit gekreuzten Pfoten unter die Hängematte und schaute uns hinterher.

»Moment«, sagte ich. »Du kannst mich nicht wieder irgendwohin schicken und mir danach sagen, dass ich fast gestorben wäre.«

Morpheus blieb in der Tür stehen. »Das wird nicht wieder passieren«, sagte er. »Versprochen.« Im Rausgehen fügte er noch hinzu: »Aber du musst ab heute lernen, die Träume zu steuern.«

Wir gingen auf den Gang raus. Alles war total still. An der Garderobe vor unserem Klassenzimmer hing die lila Jacke, die schon seit Wochen da hing, so lange schon, dass sich der Garderobenhaken wie ein knochiger Finger von innen in den Jackenstoff bohrte.

Die anderen Haken warfen krumme Schatten an die Wand. Eine der Neonröhren an der Decke ging nicht mehr, die andere flackerte und machte dabei merkwürdig sirrende Geräusche. Wir liefen unter diesem flackernden Licht den Gang entlang, vorbei an den Türen der 6b und 6c. Ich wollte Morpheus gerade fragen, was er damit meinte – dass ich lernen muss, die Träume zu steuern. Aber genau in dem Moment hörte ich Geräusche. Rascheln. Knacksen. Ein paar Meter weiter. Hinter der übernächsten Klassenzimmertür. Waren das Schritte? Morpheus schien nichts bemerkt zu haben und ging einfach weiter. Ich folgte ihm und blieb dann vor der Tür stehen, hinter der das seltsame Rascheln zu hören war.

# 9

»Was ist?«, flüsterte Morpheus, der nun ebenfalls stehen geblieben war. »Hörst du was?«

Ich nickte und starrte die Türklinke an.

»Hinter dieser Tür?«, fragte Morpheus.

Im selben Moment sprang sie krachend auf, als hätte sie jemand mit voller Wucht von innen aufgerissen. Aber da war niemand. Nur ein Tunnel. Wie gestern hinter der Tafel. Nur noch größer. Die ganze Tür war ein stockdunkler Tunneleingang. Ich sah Morpheus an. Er nickte mir zu.

Ich trat näher. Es war wieder dieser kühle Luftzug zu spüren, der aus dem Dunkel kam. Diesmal war da kein Fels, sondern Pflanzengewirr. Ich kniff die Augen zusammen, weil ich hoffte, irgendetwas in der Dunkelheit zu erkennen. Aber ich sah nur einen dichten Blätterwald, durch den eine schmale Schneise führte.

Ich trat langsam über die Schwelle, direkt in das enge Dickicht hinein. Die Blätter wischten mir übers Gesicht wie feuchte Gummihandschuhe. Der Boden war seltsam weich. Morastig. Ich hatte schon nach wenigen Metern feuchte Füße.

Da – ein Rascheln. Kam das von meinen Schritten? Ich versuchte, ein paar Äste beiseitezuschieben, und wollte mich am Baum neben mir festhalten. Da war aber keine trockene Rinde, sondern was Glitschiges, das zwischen meinen Fingern pulste. Eine Art Nacktschnecke. Schwarz und glänzend. Ich zog die Hand zurück.

Wieder dieses Rascheln. Lebten hier große Tiere? Und dann knackste es. Direkt vor mir. Ein langer Schatten. Da war jemand vorbeigerannt. In voller Geschwindigkeit. Jemand mit kurzen Haaren. Ich hielt den Atem an. Die Schritte entfernten sich im Dunkel. Einige Blätter zitterten raschelnd, wie nach einem Windstoß.

Als der Schatten vorbeigewischt war, hatte ich rechts eine Art Lichtung gesehen. Ich schob mich durch die Sträucher. Ein moosbewachsener Felsen. Dann hielt ich mir die Faust vor den Mund, um meinen eigenen Schreckensschrei zu ersticken. Das war gar kein Moos. Das waren Hunderte von Nacktschnecken. Alle schwarz. Und alle wanden sich auf dem Fels wie im Todeskampf. Das glitschige schwarze Gewimmel machte schmatzende Geräusche. Waren das Blutegel? Suchten die blind nach Futter?

Von da an fasste ich gar nichts mehr an. Ich drückte mit der Schulter Äste weg und ging weiter, bis ich auf die Lichtung kam.

Hohe Bäume. Eine Senke, in der schwarzes Moorwasser stand. Neben dem Tümpel waren frische Fußspuren. Irgendwo hier musste ein Mensch sein. Und tatsächlich – hinter einem umgestürzten Baum, etwa fünf Meter vor mir, keuchte jemand. Jemand, der außer Atem war, versuchte möglichst leise zu atmen. Er rührte sich nicht vom Fleck.

Dann hörte ich Kratzgeräusche. Und den keuchenden Menschen, der jetzt leise zu fluchen schien.

Ich schaute über den Baumstamm. Da kauerte ein Junge. Er scharrte mit seinen bloßen Händen wie wild in der Erde. Immer wieder schaute er sich panisch um. Ich hab ihn sofort erkannt. Das musste Antec sein. Aus Max' Spiel.

»Hey.« Ich flüsterte ihm zu. »Hey, du …«

»Scht«, zischte er und legte einen Finger auf den Mund. Er sah sich wieder um, ob uns jemand gehört hatte. Dann winkte er mich mit der rechten Hand heran. Ich lief zu ihm und duckte mich neben ihm hinter den umgefallenen Baumstamm. Er sah mich gar nicht an, sondern spähte nur durch das Farnbüschel in die Dunkelheit hinter mir.

Ich schaute in dieselbe Richtung, konnte aber nichts entdecken.

Ich fragte flüsternd: »Was machst du hier?«

»Fliehen«, keuchte er leise. »Wie jede Nacht.«

Er musste lange gerannt sein, seine Brust hob und senkte sich heftig, sein Shirt war verschwitzt.

»Vor wem denn?«, fragte ich.

»Vor den schwarzen Frauen.«

»Hä? Wer ist das denn?«

»Ich weiß nicht, wer sie sind. Aber sie jagen mich.«

»Und warum gräbst du hier mit den Händen ein Loch?«

»Weil ich nicht weiß, wie ich sie abschütteln soll. Es geht immer nur weiter, Nacht für Nacht, sie sind hinter mir her und ich hab alles ausprobiert, um sie loszuwerden. Ich kann einfach nicht …«

Er hielt mitten im Satz inne und zog mich neben sich zu Boden. Jetzt hörte ich es auch. Ein Knacken. Und dann sah ich sie. Zwei schwarze Gestalten. Sie rannten geduckt und extrem geschmeidig durch die Bäume. Eine blieb kurz stehen, lauschte und drehte suchend den Kopf. Als sie genau in unsere Richtung schaute, leuchteten ihre Augen kurz auf wie zwei milchig grüne Scheinwerfer. Ich war mir eigentlich sicher, dass sie mich gesehen hatten, so hell, wie sie zu mir rüberstrahlten. Aber dann war es wieder dunkel und die beiden rannten weiter.

Wir rührten uns nicht, bis sich die Geräusche ihrer Schritte in der Nacht verloren hatten.

»Uff«, sagte Antec, schloss die Augen und ließ den Kopf in den Nacken sinken. »Kurze Pause.«

»Was haben die in den Augen?«, fragte ich.

»Suchstrahler.«

»Suchstrahler?«, sagte ich, aber er flüsterte nur: »Ich muss weiter, sie kommen sicher gleich zurück.«

Er rannte geduckt los und verschwand zwischen den Stämmen.

Im selben Moment sah ich Max. Er kam mit seinem Handy durch den Wald geschlendert. Er sah mich nicht. Er sah überhaupt nichts außer seinem Handy. Wie hypnotisiert stolperte er vor sich hin, drückte nervös auf dem Display herum und murmelte: »Na los! Lauf schon! Schneller, du Idiot!«

Im Hintergrund pirschten jetzt wieder zwei der schwarzen Frauen durchs Unterholz. Sie schienen Max aber gar nicht zu bemerken, sondern nur nach Antec zu suchen. Max murmelte weiter vor sich hin, bearbeitete dabei sein Handy und stieg gerade über einen umgestürzten Baumstamm, als eine Frauenstimme durch den Wald gellte: »Maaaax?«

Die Stimme schien von oben zu kommen. Ich schaute in die Wipfel, aber da war nichts. »Maaa-ax!« Das war Max' Mutter. Sie klang ziemlich verzweifelt.

In der Fünften hat sie Max oft in ihrem Auto von der Schule abgeholt. Manchmal nahm sie mich mit, weil ich direkt auf dem Weg wohne. Mir war das beim ersten Mal ziemlich unangenehm, denn Max hat damals noch gar nicht mit mir geredet. Aber sie dafür. Sie schaute mich immer im Rückspiegel an und unterhielt sich mit mir, als wären Max und ich die besten Freunde.

»Maaa--aaaax!!«

Im Auto hatte sie immer ziemlich leise geredet. Aber jetzt – alle Tiere im Wald mussten Panikattacken bekommen, so laut plärrte die hier durch die nächtliche Stille. Sie klang selbst ziemlich panisch. Als würde sie ihn verzweifelt suchen. Wo war die bloß? Da oben waren doch nur Äste und der Himmel.

Plötzlich rannte Max an mir vorbei. »Sag ihr bloß nicht, dass ich spiele«, zischte er und verschwand im Dunkel des Waldes.

»Max, komm sofort raus da!«, rief sie.

Ich kauerte mich an den umgefallenen Baum, um nicht von ihr entdeckt zu werden. Der Stamm gab nach, ich kippte nach vorn und fiel auf den Boden.

Als ich mich wieder aufrappelte, war es hell. Ich stand in meinem Klassenzimmer. Kerberus lag noch immer unter der schwarzen Hängematte. Morpheus ging nervös vor der Tafel auf und ab und blieb sofort stehen, als er mich sah.

»Wo warst du?«, fragte er total angespannt. »Was war hinter der Tür? Was hast du gesehen?«

Ich wischte meine feuchten Hände an der Hose ab. Zwischen den Fingern waren Mooskrümel.

»Da war Max«, sagte ich. »Ein Junge aus meiner Klasse. Wir waren in dem Computerspiel, das er gerade dauernd spielt. Da war außerdem der Junge, der in dem Spiel immer vor irgendwem wegrennt. Und dann war da noch Max' Mutter, die ihn gesucht hat. Ich glaube, Max hatte Angst, dass sie ihn beim Spielen erwischt.«

Morpheus murmelte: »Anscheinend klappt es tatsächlich.«

»Was?«

Er lächelte mich kurz an. »Du bist ein Traumspringer.«

»Was?«, sagte ich. Papa hatte mich oft Traumtänzer genannt. Aber wenn er das sagte, klang es, als wäre ich ein Trottel. Traumspringer hörte sich wie etwas Besonderes an.

Morpheus sagte: »Du kannst tatsächlich in die Träume der anderen springen.«

»Wie meinst du das?«, fragte ich.

»Ich glaube, du warst gerade in einem echten Traum von deinem Klassenkameraden. Leon, du bist der Richtige. Ich brauch deine Hilfe. Mein Bruder …«

»Warum?«, unterbrach ich ihn. »Was soll das? Können Sie nicht selber in alle Träume? Sie sind doch hier so was wie der Chef?«

Morpheus lachte kurz, aber er klang fast verzweifelt, als er antwortete: »Chef klingt gut. Ich würde eher sagen, ich bin der Hausmeister. Ich passe auf all eure Träume auf. Aber ich kann sie selbst nicht sehen. Was glaubst du, wie gern ich dich gerade begleitet hätte. Aber ich muss draußen bleiben.«

»Ja und? Sie machen das doch angeblich schon seit vielen Hundert Jahren. Warum brauchen Sie jetzt plötzlich jemanden, der Ihnen hilft? Ich will nicht in andere Träume springen. Lassen Sie mich in Ruhe. Ich will meine ganz normalen Träume träumen. Meine eigenen.«

Ich hatte den Satz kaum beendet, da fing wieder das Rieseln an. Das Klassenzimmer zerbröselte zu Sand, die

Wände flossen herab wie schmelzendes Wachs, der Boden wurde weich und schwammig und die Fenster um uns herum wurden zu einer großen Glaswand. Und eine ferne Stimme rief: »Sand! Der ganze Sand!«

# 10

Als ich aufwachte, stand Mama im Zimmer und zeigte wütend auf den Boden. »Leon! Wach auf! Wo kommt das alles her?«

Ich setzte mich schlaftrunken auf. Neben meinem Bett lagen mehrere kleine Sandhaufen. Mama rauschte aus dem Zimmer und kam kurz darauf mit der Kehrschaufel und dem kleinen Besen wieder. Der Besen rumste gegen meine Bettpfosten.

»Was ist denn los?«, fragte ich und kratzte mich am Kopf.

Neben dem roten Sitzsack standen die leere Colaflasche und die aufgerissene Kekspackung. Papa musste mich gestern Abend oder heute Nacht noch hier rüber in mein Bett getragen haben.

Als meine Mutter mich ansah, wusste ich, dass sie wirklich wütend war. In solchen Momenten pocht immer eine kleine Ader unter ihrem linken Auge.

»Ich hab gestern früh die ganze Wohnung gesaugt, weil es überall aussah wie in den Dünen am Atlantik. Und jetzt geht das schon wieder los! Dabei muss ich eigentlich längst packen. Lotti hat so scheußliche Albträume, seit die Fledermaus sie an der Schläfe erwischt hat, dass ich mit ihr zu Oma aufs Land fahren will. Aber statt zu packen, putz ich jetzt schon wieder. Wenigstens diesmal nur in deinem Zimmer.«

»Oje«, sagte ich, um erst mal nur irgendwas zu sagen.

Sie zog meine Decke weg. Das Bettlaken war ebenfalls voller Sand. »Los, sag schon, wo kommt der ganze Sand her?«

»Wirklich, ich weiß es nicht«, log ich. »Wir waren am Spielplatz mit Lotti, vielleicht von da?«

Mama stemmte die rechte Hand in die Hüfte. »So. Am Spielplatz. Und da stopfst du dir dann nachmittags den Schlafanzug mit Sand voll oder was? Soll ich dir das glauben? Und was war gestern? Da war das Zeug durch die ganze Wohnung verteilt.«

Ich zuckte mit den Schultern. »Weiß auch nicht.«

»Du bist manchmal echt seltsam.«

Als ich unauffällig meine Hände an der Hose abwischte, spürte ich kleine Waldkrümel zwischen den Fingern, Erde und Moos. »Ja, weiß ich«, sagte ich. »Habt ihr mir ja oft genug gesagt. Traumtänzer und so.«

Als ich am Nachmittag zum Schuppen kam, saßen Max, Robert und Nina auf dem Sofa und beugten sich über

irgendein Buch. Neben dem Getränkeautomaten standen zwei Farbeimer.

»Das gibt's doch nicht«, sagte Robert. »Der ist zwölf und schleppt so einen Babykram mit sich rum.«

»Freunde hat er nicht gerade viele«, sagte Max und lachte.

»Was habt ihr da?«, fragte ich.

Max guckte grinsend zu mir hoch und Robert sagte: »Max hat gestern in der Pause das hier in Elias' Schulranzen gefunden.«

Es war ein Freundschaftsbuch, eines dieser rosa Bücher, die echt nur Mädchen miteinander tauschen. In der Grundschule musste ich das auch ein paarmal ausfüllen. Zwei Seiten mit Fragen: Was ist dein Lieblingsessen? Was ist dein Lieblingsname? Was ist dein Lieblingstier? Oben links ist jeweils Platz für ein Foto.

Die Ecken von Elias' Buch waren abgescheuert, als hätte es Elias schon lange mit sich rumgetragen. Das Buch war aber fast völlig leer. Nur auf den ersten zwei Seiten hatte jemand alle Fragen beantwortet. Das eingeklebte Foto zeigte ein Mädchen, das etwa zwei Jahre jünger war als wir. Schwarze Haare, schwarze Augen, schmales Gesicht.

»Oh Mann«, sagte Robert zu mir, »neben was für einem komischen Typen sitzt du da bloß?«

»Keine Ahnung«, sagte ich, »Elias sagt ja nichts. Aber warum habt ihr ihm das weggenommen?«

»Hat der eine Freundin?«, fragte Nina und sah mir in die Augen.

»Was? Eine Freundin?« Ich wurde rot. Mann, ich könnte mich ohrfeigen. Jedes Mal wenn Nina mich was fragt, werd ich rot.

»Weißt du nicht, was 'ne Freundin ist?«, fragte Max, worauf Robert lachte.

»Na, hier.« Nina zeigte auf eine Antwort auf der ersten Seite. Neben die Frage nach ihrem Lieblingsnamen hatte das Mädchen geschrieben: »Elias.«

»Weiß ich doch nicht, ob der eine Freundin hat«, sagte ich. »Der hat mir noch nie etwas von sich erzählt. Aber was wollt ihr denn machen mit dem Buch?«

»Erst mal behalten«, sagte Max.

»Warum?«

»Warum nicht? Der Typ ist doch nicht ganz sauber.«

Ich wollte eigentlich was sagen, traute mich aber nicht. Stattdessen zeigte ich auf die beiden Eimer neben dem Sofa und fragte: »Was ist da drin? Habt ihr die auch dem Elias geklaut?«

»Nee«, sagte Nina und stand auf. »Die hab ich mitgebracht. Farbe. Ist übrig von unserem Umzug.«

Zehn Minuten später malten wir den Schuppen an. Na ja, nicht wir alle vier. Max und Robert saßen auf dem Sofa und spielten »Das Spiel«, aber Nina und ich hatten jeder eine Rolle in der Hand und strichen die Wände. Leider war in den zwei Eimern nicht die gleiche Farbe, eine war weiß, die andere rostrot, aber Nina meinte, das sei doch gerade gut, zwei Wände weiß, zwei braun, »genau wie Pauli«.

»Also, erstens ist das rot und nicht braun und zweitens ist das dann Bayern«, sagte ich.

»Auf keinen Fall«, erwiderte Nina, »da musst du selber Farbe mitbringen. Das hier ist braun und Pauli.«

Nina kommt aus Hamburg. Manchmal hört man das, weil sie Wörter dann so seltsam in die Länge zieht. Als sie vor einem Jahr zum ersten Mal in der Klasse auftauchte, trug sie ein T-Shirt mit einem Totenkopf drauf. Als Max fragte, ob sie nicht wisse, wann Fasching sei, sagte sie: »Trottel, das ist nicht Fasching, das ist Pauli.« Damals wussten nur die wenigsten, dass die Fußballmannschaft von Sankt Pauli diesen Totenkopf als Erkennungszeichen hat, aber so, wie sie dieses »Trottel« gesagt hat, traute sich keiner mehr, was gegen ihr Shirt zu sagen. In der Pause stand sie dann zum ersten Mal im Tor und seitdem haben wir die beste Mannschaft von allen sechsten Klassen.

Ich bemalte links die Wand weiß und Nina die Rückwand mit ihrem rötlichen Braun. Ich fand's zwar immer noch knallrot, genau wie die Bayern-Shirts, aber ich hätte mir eher die Zunge abgebissen, als das noch mal zu sagen.

Nina malte viel schneller als ich. Ich versuchte nämlich nebenher, Max beim Spielen zuzusehen. Er beugte sich zwar die meiste Zeit über sein Handy, aber ich konnte trotzdem sehen, dass Antec schon wieder durch den Wald hetzte. Es war derselbe Wald wie heute Nacht. Moorpfützen, umgestürzte Bäume. Ein Fels. Und der arme Kerl, der permanent rennen musste und Max verzweifelt Anweisungen zurief, wo er ihn hinsteuern sollte.

# 11

Als ich in dieser Nacht ins Klassenzimmer kam, war es leer. Kein Morpheus. Kein Kerberus. Nur die Hängematte, die leicht hin- und herschwang, und darin das schwarze Buch. Erst konnte ich es gar nicht glauben, dass Morpheus nicht da war. Ich guckte sogar in den Schrank an der Rückwand unseres Klassenzimmers, in dem einige Landkarten, kaputte Bücher und ein vergessener Turnbeutel rumlagen. Aber da war er natürlich auch nicht.

Es war mucksmäuschenstill. Ich setzte mich auf den Stuhl, auf dem ich auch tagsüber immer saß, kippelte ein bisschen und schaute raus ins Dunkel. Es war so undurchdringlich, dass es aussah, als hätte jemand die Scheiben mit dicker schwarzer Farbe angemalt.

Erst als ich wieder im Klassenzimmer umherblickte, entdeckte ich die Nachricht. An der Tafel. Morpheus hatte sie mit Kreide dorthin geschrieben. So krakelig wie die Schrift aussah, war er in großer Eile gewesen: »Gute Nacht,

Leon! Gut, dass du da bist! Ich muss dringend was reparieren. Warte hier auf mich. Bis nachher, Morpheus.«

Na toll. Jetzt war ich auch noch alleine. Die Stille, die mir bis eben nichts ausgemacht hatte, war plötzlich drückend, riesig und bedrohlich. Als würde dahinter jemand lauern, der mich stumm beobachtete. Oder als würde die Stille selbst mich belauern.

Ich schaute wieder raus. Meistens sieht man ja selbst in der tiefsten Nacht noch irgendeinen Baumschatten oder eine Straßenlaterne. Aber da draußen – war nichts. So eine Dunkelheit hatte ich noch nie zuvor gesehen. Doch. Ein Mal. Im Fledermaushaus. Als ich das Gefühl hatte, dass in der Mitte des Dunkels noch dunkleres Dunkel war.

Ich legte die Hand ans Fenster und näherte mich mit dem Gesicht langsam der Scheibe. Erst sah ich nur mein Spiegelbild vor schwarzem Hintergrund. Dann tiefes Schwarz. Aber dann schaute ich plötzlich in lauter aufgerissene Augen. Sie waren direkt vor mir, auf der anderen Seite der Scheibe. Da draußen klebte ein Schwarm Fledermäuse und starrte mich an. Lautlos und unbeweglich. Kalte schwarze Augen. Weit aufgerissene Mäuler. Als würden sie alle stumm schreien. Ich sprang auf, der Stuhl fiel mit einem Knall um. Mein Schrei war so laut, dass er in dem kahlen Klassenzimmer lange nachhallte. Und dann war wieder alles still.

Ich sah mich im Spiegel der dunklen Scheibe, allein, mitten im Klassenzimmer. So klein hab ich mich noch nie zuvor gefühlt. Ich hörte meinen Atem und meinen Herzschlag. Verdammt. Hatten diese Fledermäuse in den anderen beiden Nächten auch schon da draußen an der Scheibe geklebt und mich beobachtet?

Ich stürzte aus dem Klassenzimmer. Draußen auf dem Gang war es noch dunkler als in der Nacht zuvor. Ich schaute nach links und rechts, ob ich Morpheus entdeckte, aber da war niemand. Nur die lila Jacke hing am Haken und schwang ein wenig, als ob gerade jemand daran vorbeigerannt wäre und sie gestreift hätte. Ich lief nach links, an mehreren Klassenzimmern vorbei. 6b. 6c. 6d. Diesmal blieb hinter der Tür, hinter der gestern Nacht der Wald war, alles ruhig. Auch sonst war es totenstill. Die Türklinken schimmerten metallisch. Der Boden glänzte dunkel. Irgendwas war anders als in der Nacht zuvor. Noch unheimlicher. Klar, da war das fahle Licht der blinkenden Neonröhre. Und klar, ich war ganz alleine und hatte gerade den Fledermausschock meines Lebens gehabt. Aber das war es nicht. Erst als ich nach oben sah, verstand ich, warum sich alles so anders anfühlte. Die Decke des Gangs war schwarz. Und glänzte feucht wie ein Moorsee.

Die Feuchtigkeit zog sich da oben entlang wie ein Geflecht von Adern oder Tintenfischarmen, schillernd und tiefschwarz. Das Geäder sah fast lebendig aus. Als würden diese Fangarme langsam an der Decke entlangkriechen und den ganzen Gang erobern. Am Ende des Gangs hörte ich ein leises Klopfen. Ich lief auf die Glastür dort zu – und war so erleichtert, als ich dahinter Morpheus sah, dass ich laut »Zum Glück!« rief.

Er blickte mich kaum an, als ich die Glastür öffnete.

»Na, du bist ja mutig«, murmelte er nur, während er an einem Heizungsrohr herumklopfte, das neben den Kleiderhaken der 7a nach oben verlief. Hinter ihm saß Kerberus. Er wirkte ganz anders als in den Nächten zuvor. Sein Schwanz wischte am Boden entlang, hin und her, her und hin. Er witterte in alle Richtungen, das Nackenfell gesträubt. Morpheus leuchtete mit einer kleinen Taschenlampe in die Ecke zwischen Decke und Wand.

»Was machst du da?«, fragte ich.

»Irgendeine Leitung muss kaputt sein. Vielleicht kommt der ganze feuchte Dreck von da oben«, murmelte er, während er mit der Lampe am Rohr entlangleuchtete. »Kannst du mir mal eine Zange holen?«

»Wo denn?«, fragte ich.

»In dem Heizungsraum dahinten«, sagte Morpheus, ohne sich umzudrehen.

Ich kannte den Raum. Er lag gegenüber der 7b, die Tür war schmaler als die zu unseren Klassenzimmern. Manchmal verschwand unser Schulhausmeister in dem winzigen Raum, der immer voller Kabel, Werkzeug und Kisten war.

Ich lief den Gang runter. Als ich mich der Tür zum Heizungsraum näherte, merkte ich, dass dahinter gedämpfte Stimmen zu hören waren. Ein Streit. Ich spürte mein Herz klopfen und wollte gerade die Hand ausstrecken, um die Klinke runterzudrücken, da bewegte sie sich von alleine. Geräuschlos und wie in Zeitlupe ging sie nach unten, und genauso langsam und leise öffnete sich die Tür einen Spaltbreit. Ich dachte zuerst, dass jemand rauskommt, aber es passierte nichts. Man sah nur gedämpftes Licht von drinnen. Auf dem Boden war kurz ein Schatten, dann wieder das gleichmäßig warme Licht.

Ich stand eine Weile da. Dann fasste ich mir ein Herz, hielt den Atem an und schlüpfte durch den Spalt. Hinter mir schloss sich die Tür, genauso geräuschlos, wie sie aufgegangen war.

Ein großer Holzofen. Dahinter ein einfacher Tisch und ein paar Stühle. Das hier war bestimmt kein Heizungsraum. Eher eine Küche in einer alten Hütte. Ein paar Töpfe hingen an Nägeln an der Wand. Daneben ein Foto von einem lächelnden Mann, der Fotorahmen war beklebt mit schwarzen Schleifen.

Am Tisch saßen eine Frau und ein Mädchen. Sie nahmen mich hinter dem großen Holzofen gar nicht wahr.

Die Frau sah ein bisschen aus wie Frau Aycin von unserem Gemüseladen vorne an der Straßenecke. Das Mädchen kam mir erst recht bekannt vor, aber ich wusste nicht, woher. Sie war vielleicht acht oder zehn Jahre alt und pulte die ganze Zeit mit ihren Fingernägeln an der Tischkante herum. Vor ihr stand ein Suppenteller mit schwarzer Flüssigkeit, es sah aus wie Öl oder Teer, etwas Zähflüssiges.

Die Frau redete in einer fremden Sprache auf das Mädchen ein. Ich verstand kein Wort, aber man merkte, dass beide große Angst hatten. Die Frau zeigte immer auf die eklige Brühe in dem Teller, und das Mädchen schüttelte den Kopf, was die Frau wütend machte. Sie redete weiter

auf das Mädchen ein, das anscheinend auf keinen Fall das eklige Zeug essen wollte und die Lippen aufeinanderpresste.

Plötzlich ging auf der anderen Seite des Raums eine Tür auf und ein dünner, großer Mann glitt herein.

»So«, sagte er und schloss schnell und geschmeidig die Tür hinter sich. Seine Stimme war so schneidend, dass die Frau und das Mädchen zusammenfuhren, als hätte er sie im Genick gepackt.

Mir blieb die Luft weg. Das war der Mann vom Zeitungsbild! Der aus dem Artikel über den verschwundenen Wolf! Ganz sicher, ich erkannte ihn sofort wieder, das knochige Gesicht, der schwarze Anzug, die dunkle Sonnenbrille.

Der Mann hielt ein paar Kabel in der Hand. Oder waren das Schläuche? Er ging damit zum Tisch und stellte sich hinter das Mädchen, das erstarrte. Sie schloss stumm die Augen, aus denen jetzt Tränen liefen. Sie schien schon zu wissen, was sie erwartete. Der Mann nahm die Kabel, an deren Ende Saugnäpfe saßen, und fing an, sie dem Mädchen einzeln am Kopf zu befestigen. Wie eine Art Netz. Dann hielt er plötzlich inne. Er dimmte das Licht so weit runter, dass wir fast im Dunkel waren, und schnupperte in der Luft wie ein Hund. Jetzt drehte er langsam den Kopf, nahm die Sonnenbrille ab und schaute mich an. Woah, war das ein Blick! So was Kaltes hab ich noch nie gesehen. Es war, als würden sich zwei Eiszapfen in mein Inneres bohren.

Der Mann legte den Kopf schief und sagte mit leiser Stimme: »Na, schau mal einer an.« Er musterte mich, wie ein Insektenforscher einen Schmetterling ansieht, den er gerade aufgespießt hat, kühl, aber interessiert. Dann fragte er ganz leise: »Wie bist du hier reingekommen?«

»Äh«, sagte ich. »Durch die Tür da.«

Irgendwo fing ein Hund an zu bellen. Er schien völlig außer sich zu sein, er bellte, bellte, bellte. Der Mann aber sah mich einfach weiter mit diesem schneidenden Blick an. Als würde er mich ansaugen.

»Soso«, sagte er. »Durch die Tür da. Na dann …«

Er packte mich mit seiner knochigen Hand an der Schulter, riss die Tür auf und warf mich raus. Ich stolperte ein paar Schritte in den Gang hinein und hörte, wie die Tür von innen geschlossen wurde. Klack-klack, er hatte sogar zugesperrt.

Direkt vor mir stand Morpheus. Er hielt Kerberus mit beiden Händen fest, der sich auf mich stürzen wollte. Sein Nackenfell war gesträubt, die Zähne gefletscht, er bellte mich an, als wäre ich sein Todfeind. Mann, war das ein Gebiss. Diese Reißzähne … Der Sabber flog ihm nur so um die Lefzen.

Ich wich zurück. Kerberus kam näher. Morpheus hatte seine Hände in das Fell gekrallt und versuchte, den Wolf festzuhalten. Kerberus aber kläffte einfach weiter und kam mit jedem Bellen ein Stück näher. Ich sah die Zähne seines Unterkiefers und konnte bis in seinen dunklen Rachen schauen, er war höchstens noch eine Armlänge von mir

entfernt. Erst als ich zur Seite wich, merkte ich, dass er gar nicht mich anbellte, sondern den Heizungsraum hinter mir.

»Was war da drin?«, rief Morpheus. »Was zum Teufel war da drin?«

»Eine Frau«, rief ich und musste dabei aus voller Kehle schreien, um Kerberus' Gebell zu übertönen.

»Wer noch?«

»Ein Mädchen. Und dann kam ein Mann rein.«

In dem Moment riss sich Kerberus los und war mit einem Satz beim Heizungsraum. Er richtete sich auf und lehnte sich mit den Vorderpfoten an die Tür, als wollte er sie eindrücken. Dabei knurrte er heiser und zornig. Sein Rückenfell war vom Nacken bis zum Schweif gesträubt.

»Was für ein Mann?«, fragte Morpheus.

»In einem schwarzen Anzug«, sagte ich. »Den hab ich schon mal in der Zeitung gesehen. Am Tag nachdem Kerberus aus dem Zoo geklaut wurde. Der Mann hat ihn dem Zoo vor einem halben Jahr gespendet.«

Morpheus nickte wissend. Da kam eine Frau den Schulgang entlanggelaufen. Die Frau mit den riesigen Augen, die ich in der ersten Nacht gesehen hatte. Die auch auf einem der drei Gemälde abgebildet war. Morpheus' Schwester. Sie trug wieder dieses vornehme Kleid, bodenlang, schwarz und mit vielen Falten. Als Kerberus sie bemerkte, beruhigte er sich endlich. Er ließ von der Tür ab und lief mit eingezogenem Schwanz und jaulend zu ihr hin, als wollte er sich hinter ihr verstecken.

»Was ist los?«, fragte sie.

»Krato«, sagte Morpheus. »Ich fürchte, Leon hat gerade Krato gesehen.«

Morpheus' Schwester wurde blass und sagte: »Das kann nicht sein.« Aber sie sagte es eher fragend, als würde sie hoffen, dass es nicht passiert ist. »Das würde er niemals wagen. Nicht hier. Oder?«

Morpheus deutete mit der linken Hand nach oben zu der schmierig schwarzen Decke. Sie sah hoch und sog die Luft durch die Zähne ein, als hätte sie sich geschnitten oder wäre auf etwas Spitzes getreten.

»Er muss hier irgendwo sein«, sagte Morpheus. »Er hat uns gefunden.«

Die Frau blickte mich an. Ich glaube, ich habe wirklich noch nie jemanden mit so großen Augen gesehen.

»Wo warst du, Leon?«, fragte sie.

»Na, da drin«, sagte ich und zeigte auf den Heizungsraum, in dem es jetzt ganz still war.

»Ich meine, weißt du, in wessen Traum du warst?«

»Mann«, rief ich. »Ich sollte da drin eine Zange holen. Da war aber keine Zange und es war auch kein Heizungsraum. Woher soll ich wissen, wessen Traum das war! Was wollt ihr beide überhaupt von mir? Geht das jetzt jede Nacht so? Ich hab's dir gestern schon gesagt: Ich will das nicht.« Die letzten beiden Sätze hatte ich in Morpheus' Richtung geschrien.

»Entschuldige«, sagte Morpheus' Schwester und legte mir ihre rechte Hand auf die Schulter. Sie bemühte sich,

ruhig und freundlich zu klingen. »Bitte entschuldige, Leon. Du hast recht. Wir haben … wir sind momentan wahnsinnig nervös.«

»Warum denn?«, fragte ich. »Könnt ihr mir endlich mal erklären, was hier eigentlich los ist? Wer ist dieser Scheiß-krato überhaupt? Und warum schaut ihr nicht selbst in dem Heizungsraum nach?«

»Das wollte ich gerade machen«, sagte die Frau, trat einen Schritt nach vorne und riss die Tür auf.

Nichts.

Mädchen, Mutter, Krato – alle waren weg. Der Kamin, der Tisch und der Suppenteller – spurlos verschwunden. Stattdessen ein Heizungsraum mit Rohren, Regalen, Werkzeug, Kabeln und einem alten Besen.

»Das dachte ich mir«, sagte die Frau.

»Na, wenigstens kann ich jetzt meine Rohrzange holen«, sagte Morpheus und verschwand in dem kleinen überfüllten Raum.

Während Morpheus in irgendwelchen Kisten herumwühlte, sagte die Frau: »Wir können nicht sehen, was du siehst, Leon. Wir brauchen dich dringend.«

»Warum denn?«, fragte ich.

»Weil du ein Traumspringer bist. Du kannst für uns vielleicht in den Träumen anderer Menschen nachsehen, was Krato vorhat. Aber lass uns in mein Büro gehen, da können wir in Ruhe reden.« Sie zeigte hinter sich, dorthin, wo tagsüber das Direktorat und das Lehrerzimmer lagen.

»Ich komm gleich nach«, rief Morpheus, »muss nur noch kurz das Leck stopfen.« Er hielt jetzt eine riesige Rohrzange in der Hand, mit der er auf mich zeigte. »Aber Leon, hör mal, es stimmt nicht, was sie in der Zeitung geschrieben haben. Ich habe Kerberus nicht geklaut. Mein Bruder war der Dieb. Er hat ihn einfach mitgenommen, als er zu euch Menschen rüberging. Ich hab ihn mir nur zurückgeholt.«

Mit der freien Hand kraulte er Kerberus den Kopf und kümmerte sich dann wieder um das kaputte Heizungsrohr.

»Komm mit«, sagte die Frau und ging mit mir ins Direktorat.

Ich bin da vorher nur einmal gewesen. Damals habe ich Max begleitet. Er war beim Fußball in der Pause mit einem Achtklässler zusammengestoßen und blutete so stark aus der Nase, dass er abgeholt werden musste. Wir sind, ohne anzuklopfen, einfach in Herrn Pajatschs Büro gerannt, um Max' Mama anzurufen. Herr Pajatsch sprang von seinem Schreibtisch auf und rief: »Du blutest mir ja den ganzen Boden voll!« Dann hat er aus einer Schublade zwei Plastiktüten geholt und den einzigen Sessel in seinem Büro damit abgedeckt. In den sollte Max sich setzen.

»Und nicht bewegen«, sagte Herr Pajatsch damals, »bloß nicht bewegen!«

Das sah vielleicht behämmert aus. Max wie versteinert, während ihm das Blut aufs gelbe T-Shirt tropfte. Die weißen Tüten, die jedes Mal knisterten, wenn er sich doch bewegte. Und Herr Pajatsch am Telefon, damit Max' Mut-

ter endlich kommt und ihn befreit von diesem schmutzigen Etwas.

Ich erinnere mich noch gut an diese Geschichte, weil ich damals noch heimlich hoffte, dass das jetzt eine richtige Freundschaft wird mit dem Max. Ich hab ihm noch hinterhergewunken, als seine Mutter mit ihm wegfuhr, und er hat gelächelt. Am nächsten Tag war er dann aber arrogant und cool wie immer.

Das Direktoratszimmer war jetzt das Gegenteil von Herrn Pajatschs super aufgeräumtem Büro. Milchiges Licht. Keine Möbel. Dafür Pflanzen. Wuchernd und hoch. In Töpfen, Krügen und Eimern.

»Was ist das für ein Zeug?«, fragte ich.

»Nachtschattengewächse«, sagte Morpheus' Schwester. »Nimm Platz. Such dir einfach eine freie Stelle.«

Ich setzte mich auf den Rand eines riesigen Blumentopfes, aus dem lianenartige Farne wucherten, und fragte: »Bist du hier so was wie die Direktorin?«

»Das kann man so sagen, ja.«

»Und was ist dann Morpheus?«, fragte ich.

»Auch ein Direktor«, sagte sie lächelnd und streckte mir ihre Hand entgegen. »Ich heiße übrigens Ombra.«

Als ich ihre Hand schüttelte, merkte ich erst, wie weh meine Schulter tat. Dieser Krato hatte eine Hand wie aus Eisen, ich konnte noch immer die Stelle spüren, wo er vorhin im Heizungsraum zugedrückt hatte.

»Aha. Zwei Direktoren, keine Lehrer, ein Schüler. Und viel Grünzeug. Muss schon sagen, super Schule.«

Sie lachte leise. Dann sagte sie: »Soweit ich weiß, bist du erst seit ein paar Nächten da, oder? Meinst du etwa, du hast schon alles gesehen?«

»Nein«, sagte ich.

»Außerdem haben wir uns hier ja erst vor Kurzem niedergelassen. Ist alles noch ein bisschen improvisiert.«

Sie nahm eine Gießkanne und fing an, ihre Pflanzen zu wässern.

»Und warum habt ihr euch ausgerechnet diese Schule ausgesucht?«

»Weil der Zoo ganz in der Nähe ist«, sagte Ombra. »Und weil du hier zur Schule gehst.«

»Der Zoo? Was hat denn der Zoo mit euch zu tun?«

»Nur durch den Zoo haben wir Krato wiedergefunden. Er ist da doch ein Großsponsor.«

»Ein was?«, fragte ich.

»Na, er hat dem Zoo das Fledermaushaus geschenkt. Und Kerberus.«

»Wer ist denn dieser Krato?«

Ombra seufzte. »Unser Bruder. Du hast ihn anscheinend gerade im Heizungsraum getroffen.«

»Echt? Der ätzende Typ ist euer Bruder? Na, herzlichen Glückwunsch. Und jetzt seid ihr im Krieg miteinander?«

»Sieht so aus«, seufzte sie. »Er belagert uns.«

Während sie mit mir redete, goss Ombra weiter ihre riesigen Pflanzen. Hier stand fast so viel Grünzeug rum wie in einer Gärtnerei. Noch seltsamer als die urwaldartigen Gewächse fand ich aber das Zeug, das Ombra auf die

Pflanzen schüttete. Das war bestimmt kein Wasser. Sah eher nach Erdöl aus. Oder nach sehr dunkler Cola.

»Was gießen Sie da in die Töpfe?«

»Lethe«, sagte sie.

»Lethe? Was soll das denn sein?«

»Unser Wasser hier. Aus dem Brunnen im Keller. Das ist gut fürs Erinnern. Oder fürs Vergessen. Je nachdem.«

Sie nickte und goss weiter, als ob jetzt alles klar wäre. Ich fand gar nix klar. Welcher Brunnen in welchem Keller? Unter unserer Schule gab es nur einen Fahrradkeller und in dem war weit und breit kein Brunnen.

»Okay, ich versuch's mal anders«, sagte ich. »Lehrer wollen einem doch dauernd irgendwas beibringen. Also bringt mir endlich mal bei, was hier los ist! Statt immer nur seltsame Andeutungen zu machen.«

Ombra lachte wieder ihr ruhiges, tiefes Lachen. Dann stellte sie die Kanne ab, setzte sich auf einen Hocker und stützte die Unterarme auf die Knie.

»Du hast recht«, sagte sie. »Wir brauchen dich. Also müssen wir dir auch mehr erklären. Krato, Morpheus und ich, wir drei gehören zusammen, immer schon. Wir sind die drei Herrscher der Nacht. Und die Hüter der Träume.«

»Hüter der Träume? Ihr passt auf meine Träume auf?«

»Ja. Auch auf deine.« Sie lachte leise. »Irgendwer muss schließlich drauf aufpassen. Du selbst vergisst sie ja meistens, wenn du aufwachst, oder?«

»Ja, schon. Aber …« Ich machte eine Bewegung mit meinen Händen, so als würde was in der Luft verpuffen.

»… wenn ich aufwache, ist der Traum eben vorbei und die Wirklichkeit geht weiter.«

Ombra sah mich mit ihren riesigen Augen an. »Und deshalb gibt es uns. Wir heben deinen Traum auf. Aber …«

»Wozu denn? Ich brauch doch meine alten Träume nicht.«

Ombra beugte sich noch weiter zu mir vor. Ihre Stimme war jetzt ganz leise:

»Du hast eben keine Ahnung«, flüsterte sie langsam. Dann lehnte sie sich zurück und sagte wieder mit ihrer normalen Stimme: »Jedenfalls: Krato hat das Träumesammeln irgendwann nicht mehr gereicht.«

»Was will er denn?«

Ombra zuckte mit den Schultern. »Geld. Ruhm. Den ganzen Unsinn, hinter dem die Menschheit herjagt. Eines Morgens, nach einem heftigen Streit mit Morpheus, ist er dann einfach verschwunden. Zum Glück hat er Kerberus mitgenommen.«

»Warum zum Glück? Ich dachte, der gehört Morpheus?«

»Krato war immer schon eifersüchtig auf Morpheus. Der ist der Älteste von uns dreien. Krato wollte sich nie was sagen lassen von ihm. Also ist er nicht nur gegangen, sondern hat Morpheus auch noch Kerberus geklaut. Wie bei einem Streit unter Jungs. Aber so haben wir Krato immerhin wiedergefunden. Wir haben ihn monatelang bei euch da draußen gesucht. Und dann hat er sich durch seine Eitelkeit selber verraten. Du weißt schon, der Zoo. Der edle Spender Doktor Krato. Das Fledermaushaus. Und das Wolfsgehege.«

»Ja, na und? Dann lasst ihn doch gehen. Wenn Krato so blöd ist, könnt ihr doch froh sein, wenn ihr ihn los seid.«

Ombra sah mich an. »Wenn es nach mir ginge, könnte dieser Widerling bleiben, wo er will. Aber das geht nicht.«

»Warum denn nicht?«

»Er ist schon mal zu euch rübergezogen.«

»Zu uns?«

»Na, zu euch Menschen. In die Tagwelt.«

»Wann war das?«, fragte ich.

»Oh, das ist lange her. 14. Jahrhundert. 1348, wenn du's genau wissen willst. Er hat damals schreckliche Dinge da draußen angerichtet. Hast du schon mal von der Pest gehört?«

»Ja. Warum?«

»Ich glaube, er hat früüüüüüh...«

# 12

»Früüüüüüühstück! Ich hab Schokobrei gekocht!«

Mist. Mamas Stimme. Dieses »üüüüüüh« in Frühstück. Das weckt mich, seit ich zur Schule gehe. Bei anderen macht irgendein Wecker »drrrriiing«. Kann man einfach draufhauen und weiterschlafen. Bei Mamas »Früüüüüüühstück« nützt das gar nichts. Ich mein das Weiterschlafen, nicht das Draufhauen. Zwei Minuten später steht sie nämlich wieder in der Tür. »Früüüüühstück!«

»Koooooooomme«, raunzte ich unter dem Kissen hervor. Diesmal war ich völlig gerädert von meinem Traum. Ich kehrte mit den Händen schnell den Sand zusammen, der von dieser langen Nacht in meinem Bettlaken und auf meinem Kissen übrig war, und schüttete das Häufchen einfach hinter mein Bett. Als ich aufstand, fuhr mir ein stechender Schmerz durch den Nacken. Boah, hatte dieser Krato mit seiner knöchernen Hand fest zugepackt! Ich rieb mir die Stelle zwischen Schulter und Hals, als

ich plötzlich innehielt und an die Wand meines Zimmers starrte. Das Mädchen. Oh Mann. Das Mädchen im Heizungsraum! Die Erkenntnis jagte wie ein Stromstoß durch meinen Kopf. Natürlich wusste ich, wer sie war …

In der Schule fasste ich mir nach der Pause ein Herz. Herr Pallenberg war noch nicht da, aber es war mucksmäuschenstill im Klassenzimmer. Max hatte am Morgen zehn Handys aus der Firma seines Vaters mitgebracht und an seine Freunde verteilt.

»Hier«, hatte er gesagt, »›Das Spiel‹. Kommt in einer Woche in die Läden, aber ihr dürft es heute schon mal probieren.«

Ich hatte heimlich gehofft, dass er mir eines von den Handys abgibt, aber er hat mich nicht mal angeschaut.

Alle, die eines bekommen hatten, saßen jetzt wie hypnotisiert auf ihren Stühlen und spielten ›Das Spiel‹. Die anderen standen um die Spieler herum und schauten gebannt auf die Displays. Manchmal hörte man eine der Spielfiguren schreien, ansonsten herrschte Stille.

Nur Elias saß wie immer an seinem Platz und schien einfach zu warten, dass der Unterricht anfing. Als er gerade seinen Schulranzen aufmachte, setzte ich mich neben ihn und fragte: »Was macht eigentlich dein Vater?«

»Mein Vater?« Elias sah mich aus den Augenwinkeln an. Er wirkte derart misstrauisch, als ob ich ihn gefragt hätte, wo er zu Hause sein Taschengeld versteckt.

»Mein Vater macht nichts«, sagte er.

»Hat er keine Arbeit?«

»Auch.«

»Was meinst du mit ›auch‹?«

»Er hat auch keine Arbeit. Weil er kein gar nichts hat.«

»Mann, Elias, drück dich doch mal normal aus.«

Er sah mir in die Augen und sagte ganz leise: »Was willst du? Mein Vater ist tot.«

»Oh. Das … also, das tut mir leid«, stammelte ich. »Lebst du allein mit deiner Mutter?«

»Geht dich nicht an«, sagte Elias.

»Nichts«, sagte ich.

»Was?«

»Nichts. Geht dich nichts an.«

»Danke, Herr Lehrer. Du hast echt von nichts eine Ahnung.«

Eigentlich hatte ich das gar nicht gewollt, aber weil er jetzt schon wieder so blöd war, platzte es aus mir heraus: »Und deine kleine Schwester? Hm? Was ist mit der?«

Elias erschrak so sehr, als hätte ihm jemand von hinten irgendwas Glitschiges in den Kragen geschüttet. Er funkelte mich wütend an. »Woher weißt du, dass ich eine Schwester habe?«

»Siehste«, sagte ich und hielt seinem bohrenden Blick stand, »ich hab sehr wohl eine Ahnung. Sie sieht dir einfach verdammt ähnlich. Daher weiß ich's.«

Ich konnte nicht reagieren, so schnell ging alles. Er sprang von seinem Stuhl auf und warf mich in den Gang zwischen den Bänken.

»Gib mir das Buch zurück, du Dieb! Gib es sofort her!«

Die Spieler spielten alle weiter, als ob nichts passiert wäre. Aber alle, die nur zugeschaut hatten, blickten von den Handys auf. Elias saß auf mir und knetete mit seinen harten Knien meine Oberarme, es tat wahnsinnig weh. Einige kamen rüber und umringten uns.

»Hör auf!«, rief ich.

»Gib mir mein Freundebuch wieder.«

»Ich hab's nicht.«

»Du Lügner.«

»Ich schwör's! Geh runter.«

»WAS IST HIER LOS!?!«

Herr Pallenbergs Stimme donnerte durchs Klassenzimmer. Alle rannten auf ihre Plätze. Nur die Spieler spielten weiter. Auch Elias schien Herrn Pallenberg gar nicht zu hören und blieb einfach auf mir sitzen.

»Du Scheißdieb«, schrie er.

Herr Pallenberg zerrte Elias von mir runter. Der riss sich los, packte seinen offenen Ranzen und rannte damit aus dem Klassenzimmer.

Es ging alles rasend schnell, und als Herr Pallenberg Elias' Namen rief, war die Tür schon krachend ins Schloss gefallen.

»Du Scheißdieb«, äffte Max ihn nach, ohne von seinem Handy aufzuschauen. Keiner lachte.

Elias kam an dem Tag nicht wieder. Und auch am nächsten nicht.

# 13

Am Abend ist dann noch was Blödes passiert. Mit Papa. Der will ja immer wissen, wie mein Tag war. Wenn ich dann sage »gut« oder »wir waren draußen«, reicht ihm das nie und er fragt mir ein Loch in den Bauch. Ich hab aber meistens keine Lust, viel zu erzählen. Diesmal war es anders. Ich wollte ihm vom Schuppen erzählen. Genauer gesagt von dem Streit, den ich nach der Schule noch mit Max und Robert gehabt hatte. Wegen Elias.

Es war nämlich so: Wir hatten ausgemacht, dass wir den Schuppen zu Ende anmalen. Aber dann haben wieder nur Nina und ich gepinselt. Max und Robert saßen da und haben »Das Spiel« gezockt. Robert hatte einen eigenen Spieler, der Enno hieß und vor seinen Verfolgern durch ein Labyrinth von U-Bahn-Gängen flüchtete.

Als wir uns in der Hütte trafen, saßen die beiden schon über ihre Spiele gebeugt. Ich hab ihnen erst zugeschaut, Max musste seinen Antec wieder durch einen dichten

Wald lotsen und Roberts Enno sprang in eine anfahrende U-Bahn, um seine Feinde abzuschütteln, und drängelte sich dann panisch durch den überfüllten Waggon.

Als ich nach zehn Minuten fragte, ob wir nicht mal malern wollen, sagte Robert, ich soll die Klappe halten. Max sagte gar nichts, der hörte einen gar nicht mehr, wenn er mit Antec im Wald unterwegs war. Also hab ich mit Nina allein angefangen. Zuerst war das ja auch okay. Ich liebe den Geruch von Farbe. Fast so sehr wie den Geruch von Benzin an der Tankstelle. Und es war schön, so zu malern. Ab und zu rauschte draußen ein Zug vorbei. Ansonsten hörte man nur die U-Bahn-Geräusche aus Roberts Spiel, das rasend schnelle Tastengedaddel von ihm und Max, und Ninas leise quietschende Malerrolle. Aber während ich so malte, fiel mir Elias wieder ein. Sein krasser Wutanfall am Morgen.

Als ich schließlich um eines der verlassenen Schwalbennester herumstrich, nahm ich all meinen Mut zusammen und sagte: »Ihr müsst Elias sein Buch zurückgeben.«

Schweigen.

Das Quietschen von Ninas Farbrolle hörte auf. Ich drehte mich zu ihr um. Sie schaute auf die krummen Rücken der beiden Jungs runter.

»Hey«, sagte sie. Dann noch mal: »Hey, ihr!«

Ein langer weißer Farbfaden tropfte von ihrer Rolle zu Boden. Max und Robert reagierten gar nicht. Daddeldaddeldaddel, Schreie, daddeldaddeldaddel. Nina sah mich an und zuckte mit den Schultern.

Ich stieg von der kleinen Leiter, stellte mich neben Robert und hielt meine Farbrolle über sein Handy. Er nahm mich immer noch nicht wahr. Enno war mittlerweile in einen der U-Bahn-Tunnel gerannt und lief auf den Gleisen durchs Dunkel. Man hörte nur sein Keuchen, dann sah man die Lichter einer U-Bahn, die schnell näher kam, und dann verdeckte plötzlich ein ziemlich großer roter Farbfleck die Sicht. Da ist Robert völlig ausgerastet. Erst schaute er perplex von der roten Farbe zu mir und der tropfenden Rolle auf und dann wieder zurück. Die Farbe verlief, das ganze Display war voll.

»Tschuldige«, sagte ich, »das wollte ich nicht.«

Aber Robert sprang auf, packte mich am T-Shirt und drückte mich an die frisch gestrichene Wand.

Ich rief: »Hey, du Idiot, die Farbe ist noch nass!«

Er reagierte gar nicht darauf, sondern quetschte mit der Hand meine Backen zusammen und zischte: »Mach das nie wieder! Nie. Wieder. Okay?«

Max schaute überrascht auf: »Was ist los?«

»Leon ist ein Arschloch«, sagte Robert. »Lass uns gehen.«

Und weg war er. Max schaute ihm nach. Wahrscheinlich überlegte er, ob er ihm hinterhersollte. Ich setzte mich direkt neben ihn, stupste ihn an und sagte leise: »Träumst du eigentlich jede Nacht von dem Spiel?«

»Wie? Was meinst du?«, fragte er verdutzt.

Ich ging ganz nah an sein Gesicht, schaute ihm direkt in die Augen und sagte: »Du und Antec. Dein Traum. Vor-

letzte Nacht. Ihr lauft beide durch den Wald. Die zwei schwarzen Frauen.«

Max lehnte sich von mir weg und runzelte die Stin. Er machte den Mund auf, sagte aber nichts. Volltreffer.

Ich sagte: »Es ist dunkel, du läufst ein paar Meter hinter ihm, steuerst Antec durch den Wald und irgendwann ruft deine Mama. Kommt dir das bekannt vor?«

Er sagte leise: »Wo...woher weißt du ...?«

»Ich weiß es halt.«

Er sah sich kurz zu Nina um, die von der Leiter aus zuhörte und mich ähnlich verblüfft ansah wie Max.

Max sprang auf, rief: »Arschloch«, und rannte Robert hinterher.

Als ich Papa abends vom Schuppen erzählen wollte und davon, dass Max und Robert zu nichts mehr zu gebrauchen waren, sagte er nur: »Ja, der Hammer. Das Spiel ist der Wahnsinn.«

Zuerst hab ich ihn gar nicht verstanden. »Welches Spiel?«

»Na, ›Das Spiel‹. Ich hab's heute in die Zeitung geschickt bekommen. Zum Testen. Das ist wirklich beeindruckend. Die krassen Verfolgungsjagden. Der Sound, die Bilder, das Display, unglaublich. Du meinst, du bist mittendrin. In einer echten Geschichte. Dabei ist es ja nur so ein kleines Kästchen und ... Was hast du denn?«

»Oh Mann, Papa, ich erzähl dir, wie scheiße die waren, und du schwärmst ausgerechnet von dem Spiel.«

»Die beiden? Aber Leon, da stehst du doch drüber!«

»Nein, da steh ich drunter!«

Gute Antwort, oder? Zehn Punkte für meine Schlagfertigkeit!

Fiel mir nur leider nicht in dem Moment ein, sondern erst viel später, als Papa drüben im Wohnzimmer »Das Spiel« zockte, während ich im Bett lag und wütend war. Ist eigentlich immer so, die richtigen Antworten fallen mir nie ein, wenn ich sie brauche. Als Papa sagte, dass ich da doch drüberstehe, hab ich nur stumm den Kopf geschüttelt und bin in mein Zimmer gegangen.

# 14

Als ich in dieser Nacht in die Schule kam, war Morpheus wieder nicht da. Ich sah kurz zum pechschwarzen Fenster und überlegte, ob ich das Gesicht an die Scheibe legen und ihn draußen suchen sollte. Aber der Schreck der vergangenen Nacht steckte mir immer noch in den Knochen, die unbeweglichen Fledermausfratzen, die starr aufgerissenen Augen … Hinter mir hörte ich ein leises Klackern.

Die Tür zum Gang stand einen Spalt offen und schlug sanft gegen den Türrahmen. Die Hängematte schaukelte still vor sich hin, darunter lagen ein paar Haare von Kerberus. Und in der Hängematte sah ich das schwarze Buch liegen, aufgeschlagen, als hätte Morpheus gerade noch darin gelesen.

Ich hob es vorsichtig auf und merkte erst jetzt, wie alt es war. Ein Ledereinband. Das schwarze Papier war so dick und wellig, als hätte jemand jede einzelne Seite in dicke schwarze Farbe getaucht. Ich versuchte, mit dem

Finger eine der Seiten aufzuhellen, aber bei mir funktionierte das nicht. Alles blieb kohlrabenschwarz, also legte ich das Buch irgendwann zurück.

Ich ging raus auf den Schulflur. Die Decke war noch schwärzer als in der Nacht zuvor. Sah aus wie Teer da oben. Klebrig und giftig. Und die enorm muskulösen Tintenfischarme hatten sich um den ganzen Flur gelegt. An einigen Stellen sickerte eine dünne Spur schwarzes Wasser an den Wänden runter. Morpheus hatte das Leck im Rohr anscheinend doch nicht gefunden.

Ganz hinten im Flur war ein schwacher Lichtschein zu erkennen. Vielleicht war Ombra im Direktorat. Ich ging langsam den Gang entlang. Irgendwo schabte etwas. Als würden in einem der Klassenzimmer Stühle herumgeschoben. Ich ging schneller. Die schwarzen, lianenhaften Arme an der Decke schienen mir zu folgen. Aber immer wenn ich stehen blieb und hochschaute, bewegte sich nichts mehr.

Die große Aula war matt erleuchtet. Sie wirkte nachts noch gewaltiger als sonst.

»Hallo?«, rief ich in die Halle.

Nichts. Doch! Ganz leise. Da war was. Es klang wie Gläserklirren. Ich stand in der Mitte der Halle und spiegelte mich in den dunklen Scheiben. Das sah nicht gerade ermutigend aus, ich so allein und klein in dieser riesigen, leeren Halle. Ich spürte meinen Herzschlag im Hals und hörte meinen Atem. Meine Zunge war so trocken, dass ich schlucken musste.

In der Mitte der Aula war die Wendeltreppe zum Fahrradkeller. Anscheinend kamen die Geräusche von dort unten herauf. Ich ging langsam Richtung Treppe und schaute dann über das Geländer runter. Die Treppe schien sich endlos in die Tiefe zu winden. Ich griff nach dem Geländer und stieg langsam hinab. Das Licht der Aula reichte bis zum ersten Treppenabsatz. Danach wurde es dunkler. Aber nicht wirklich dunkel. Seltsam war das, ein schwimmendes Licht, wie in einem Aquarium. Ich tastete mich Stufe für Stufe nach unten. Das Klirren wurde lauter. Als ich am zweiten Treppenabsatz ankam, hörte ich dieses leise Schlurfen. Ein bisschen so, wie wenn meine Oma mit ihren Filzpantoffeln durch ihr Wohnzimmer läuft. Dazu Gemurmel. Dann war es wieder still. Ich schaute noch einmal übers Geländer.

Dort, wo tagsüber unser Fahrradkeller lag, war jetzt ein erdiger Raum. Wände aus dunklem Lehm. Und riesig hoch. Wie eine Lagerhalle. Vollgestellt mit Regalen. Ich konnte gar keine Wand am Ende des Raumes entdecken, die Regale schienen ewig weit ins Dunkel zu reichen. Der Boden war übersät mit Sand und Scherben. Das Merkwürdigste war aber das Licht. Es gab keine Lampe, keine Kerzen, nichts, und trotzdem war der ganze Raum von einem warmen, milden Leuchten erfüllt, das aus den Regalen kam. Darin standen diese Gläser, die ich schon in Morpheus' Kiosk im Zoo gesehen hatte. Ich setzte mich auf eine der untersten Treppenstufen und schaute durchs Geländer.

Drei alte Frauen werkelten leise vor sich hin. Alle drei

hatten einen Buckel und sahen wirklich uralt aus. Sie bewegten sich trotzdem ziemlich schnell durch den Raum. Eine von ihnen nahm die Gläser aus den Regalen, putzte sie mit einem dunkelblauen Lappen und sortierte sie in der Mitte der Halle in drei Gruppen auf dem Boden. Sie lief hin und her, stieg auf Leitern und Klappstühle, kam wieder runter und bückte sich. Sie war erstaunlich beweglich für ihr Alter. Am Fuß ihrer Leiter brannte ein kleines Feuer, über dem ein verbeulter Teekessel hing.

Die zweite Alte räumte die Gläser in große Holzkisten ein, die überall zwischen den Regalen standen. In die größte der Kisten warf sie die Glassplitter, die hier rumlagen, halbe Gläser, abgefallene Deckel und sonstige Scherben. Die dritte Frau kehrte am hinteren Ende der Halle den Boden. Ich konnte sie im Halbdunkel nicht richtig erkennen, man hörte nur das gleichmäßige Fegen des Besens und das leise Klirren von Glas.

Als die erste, die mit dem Lappen, zwei blau schimmernde Gläser aus einem Regal ganz in meiner Nähe nahm, hielt sie plötzlich inne.

»Sieh an, sieh an. Wen haben wir denn da?«

Sie wirkte weder überrascht noch verärgert, sondern lächelte mich durch das Regal hindurch freundlich an.

»Bist doch viel zu grooooß für Versteckspiele«, sagte sie. »Komm nur heeeer, du.«

Sie winkte mir mit ihrer knochigen Hand. Die anderen beiden Frauen sahen kurz auf, werkelten dann aber einfach weiter zwischen den Regalen rum.

Ich stand auf und stieg die letzten Treppenstufen hinab. Unter meinen Füßen knirschte es leise, ich war auf eines der zerbrochenen Gläser getreten.

Die Alte kam von der Leiter runter, die beiden blauen Gläser unter den Arm geklemmt. Ihr Gesicht erinnerte mich an einen schrumpeligen Apfel, tausend Fältchen, glänzende Haut.

»Sieh an, sieh an«, sagte sie noch mal. »Dich keeenn ich doch.«

Manche Wörter dehnte sie wie Kaugummi. Sie trat zu einem der Regale hinter ihr und schien darin etwas zu suchen. »Hier war doch … wo iiiist denn nuuur …?«

Dann nahm sie eines der Gläser heraus, ging mit dem Gesicht ganz nah heran und sagte lächelnd: »Naaaa. Da haaaaben wir dich jaaa!«

Als sie es mit ihrem Lappen polierte, verschwand der Nebel und ich konnte mich selbst am Grund des Glases sehen, so klein wie eine Spielfigur. In diesem Glas war mein eigener Traum, der aus der ersten Nacht. Ich stand mit Morpheus in der Mitte des Klassenzimmers und sah erschrocken dabei zu, wie sich alles um uns herum – Tafel, Wände, Pult und Stuhllehne – in Sand verwandelte und im Boden verschwand.

Die Alte hielt eine Hand unter das Glas und fing etwas von dem herabrieselnden Sand auf. Sie verrieb ihn zwischen den Fingern, als wolle sie ihn prüfen.

»Leon«, sagte sie. »Leon, nicht wahr?«

»Ja«, sagte ich, »stimmt. Und wie heißen Sie?«

Sie schloss die Augen und befühlte noch mal den Sand zwischen ihren Fingern. Dann schmatzte sie leise, als würde sie davon kosten, und sagte: »Schöööööner Traum. Guuuuter Junge. Seeeehr begabt.«

Sie kniff mir in die Wange, fragte: »Tässchen Teeee?«, und holte aus einer der vielen Taschen ihres Baumwollrocks eine bräunliche Tasse hervor.

»Ähm … habt ihr auch Cola?«

»Kohle? Leider neiiiin«, sagte sie. »Nur Teeee.«

»Was macht ihr hier?«, fragte ich, auch um sie davon abzubringen, mir ihren seltsamen Tee in diese erdige Tasse einzuschenken.

»Sammeln, sammeln, sammeln«, sagte sie kichernd.

»Jede Nacht?«

»Aber ja. Aber jaaa.«

»Und wer seid ihr?«

»Na, die drei Schwestern.«

Ich sah mich um. Die Regale waren so hoch, dass sie auch nach oben hin im Dunkel verschwanden, der Raum musste höher sein als jedes Kirchenschiff.

Die Alte ging jetzt zu einem kreisrunden Mäuerchen, das zwischen den Regalen stand. Es war ein Brunnen. Rings um den Brunnenrand wand sich eine Schlange aus schwarzem Stein, die am Ende in ihren eigenen Schwanz biss.

»Ah«, sagte ich, »ist das euer Brunnen?«

»Bist ein schlaues Kerlchen«, sagte sie, nahm einen rostigen Eimer, der an einer aufgerollten Kette hing, und

warf ihn in die Tiefe. Die Kette rasselte und rasselte, der Eimer fiel und fiel, bis man irgendwann in großer Tiefe ein dumpfes Platschen hörte.

»Seit wann macht ihr das?«, fragte ich und zeigte auf die Regale.

»Oooch, mein Junge, haben dir das Mooorpheus und Oooombra nicht gesagt? Seit waaaann träumen die Menschen?« Sie fing an, den Eimer wieder hochzuziehen.

»Das weiß ich nicht«, sagte ich. »Wahrscheinlich immer schon.«

»Na siiiehst du wohl.«

Ich zeigte auf die endlosen Regale. »Und wozu hebt ihr die ganzen Gläser auf?«

»Wozu, wozu. Wozu bist du auf der Welt?«

»Weiß nicht. Ich bin einfach da.«

»Eben. Die Träume auch. Aber ihr vergesst sie ja sofort wieder. Dabei sind Träume das Schööönste, was die meisten von euch in ihrem gaaanzen Leben zustaaaande bringen. Und das jeeeede Naaaacht. Aber am Morgen – vergessen und weg. Muss sich doch jemand drum küüümmern.«

Endlich hatte sie den Eimer nach oben gezogen. Sie trug ihn zum Feuer, goss etwas Flüssigkeit in den verbeulten Kessel und füllte die Tasse damit halb voll.

»Wirklich keinen Tee?«, fragte sie, während sie die Tasse vor meinem Gesicht herumschwenkte. »Köööstlich, Lethe-Tee.«

Das Zeug, das in der Tasse herumschwappte, sah ungefähr so schwarz aus wie das Blumenwasser in Ombras Büro.

»Danke«, sagte ich, »vielleicht das nächste Mal.«

»Das nächste Mal?«

»Na, vielleicht sehen wir uns ja wieder?«

»Aber jaaa«, seufzte sie. »Aber ja.«

»Nein, bestimmt nicht!«, donnerte da eine Stimme. Plötzlich war die Alte mit dem Besen neben uns aufgetaucht. Hinter ihr stand auch die dritte Schwester. Die mit dem Besen wirkte wütend. Ihre Haare standen ihr in grauen Krauselocken vom Kopf ab. »Was vertust du hier deine Zeit mit dem Jungen? Wir müssen räumen.«

»Ein Päuschen in Eeehren …«, sagte die erste Schwester unbeeindruckt und trank von ihrem Tee.

»Entschuldigen Sie, ich wollte wirklich nicht stören«, sagte ich zu der wütenden Alten mit dem Besen. »Räumt ihr hier alles aus?«

»Wonach sieht es denn sonst aus?«, schnaubte sie.

»Aber warum denn?«

Die Alte mit dem Besen drehte sich wieder um und sagte im Weggehen: »Frag Morpheus!«

Ich rief ihr hinterher: »Würd ich ja gerne, aber ich kann ihn nicht finden.«

»Kein Wunder«, rief sie aus dem Halbdunkel zurück. »Der hat alle Hände voll zu tun, jetzt wo sein Bruder uns angreift.«

Dann hörte man nur noch die Fegegeräusche ihres Besens und das leise Klirren der Glassplitter.

Die freundliche Teetrinkerin stellte ihre Tasse weg, ordnete ihre Röcke und sagte: »Tjaaatjaaatjaaa, meine Schwester – schwiiierige Persoooon, aber leider hat sie recht, ich muss wieder aaarbeiten.« Dann zeigte sie auf den Scherbenhaufen am Boden und sagte: »Krato war hier. Hat ein paar Gläääser geplüüündert. Hier eines, da eines...«

»Warum?«, fragte ich. »Was will Krato denn mit alten Träumen anfangen?«

»Na, bestimmt nichts Guuutes«, sagte sie.

Mit einem Mal war ihre Fröhlichkeit weg, sie sah jetzt alt und grau aus.

»Kann ich euch irgendwie helfen?«, fragte ich.

»Oooh, nein danke. Träum nur wieder was Schööönes für unsere Sammlung.«

Ich verabschiedete mich und stieg die Treppe hoch. Erst hörte ich noch die Geräusche der herumwerkelnden alten Frauen. Dann wurde es leiser und dunkler und dann plötzlich heller und immer heller, bis ich aufwachte und merkte, dass ich im Bett lag und mir die Sonne ins Gesicht schien.

# 15

An diesem Tag kam Elias also nicht in die Schule. Dafür tauchten in der dritten Stunde zwei Polizisten im Klassenzimmer auf. So richtig in Uniform. Sie entschuldigten sich bei Herrn Pallenberg für die Störung und nahmen ihre Polizeimützen ab.

Einer der beiden, er trug einen Schnauzbart und eine Brille, sagte, sie würden gerade durch alle Schulen und Klassen gehen. Er räusperte sich und wandte sich dann an uns: »In den letzten Tagen sind aus den Schulen dieser Stadt zehn Kinder verschwunden. Wir ermitteln auf Hochtouren, aber wir haben noch keine heiße Spur. Bleibt in nächster Zeit am besten abends daheim. Geht nur in Gruppen zur Schule und nach Hause. Und ruft uns an, wenn ihr irgendwas Seltsames bemerkt. Okay? Habt ihr Fragen?«

Shermin meldete sich. »Haben Sie irgendeinen Verdacht, was passiert ist?« Shermin schaut den ganzen Tag Filme, am liebsten Krimis. Sie klang selbst wie aus einem

Krimi, als sie jetzt sagte: »Gibt es Anhaltspunkte für eine Entführungsserie?«

Die beiden Polizisten sahen sich an. Der mit dem Schnauzbart zog fragend die Augenbrauen hoch, der andere schüttelte leicht den Kopf, als wollte er dem anderen signalisieren, er solle bloß die Klappe halten.

Der mit dem Schnauzbart sagte: »Es wird deutschlandweit gefahndet. Einen ähnlichen Großeinsatz hat es noch nie gegeben.«

Herr Pallenberg, der an der Heizung lehnte, sagte leise: »Es sind ja auch noch nie so viele Leute gleichzeitig verschwunden.«

»Echt?«, fragte Shermin. »Wie viele denn?«

Herr Pallenberg sah die beiden Polizisten an, die beiden Polizisten sahen schweigend zurück.

»In ganz Europa mittlerweile fast zweitausend«, sagte Herr Pallenberg, »die Zahl hab ich heute Morgen im Radio gehört.«

Danach war es so still in der Klasse, dass man das Gluckern in den Heizungsrohren hörte. Der Polizist, der bisher noch nichts gesagt hatte, drehte seine Mütze verlegen in den Händen, dann sagte er: »Anfangs sind eher einsame Leute verschwunden. Eine junge Krankenschwester, die neu war in ihrer Stadt. Ein Student, der keine Freunde hatte. Ein Leuchtturmwärter. Aber mittlerweile kann es anscheinend jeden treffen.«

Ich meldete mich und zeigte auf den leeren Platz neben mir. »Was ist mit Elias?«

Herr Pallenberg schüttelte den Kopf. »Keine Sorge, der ist noch da. Sein Onkel hat heute Morgen angerufen, dass es ihm nicht gut geht und dass er deshalb zu Hause bleibt.«

Die beiden Polizisten setzten ihre Mützen auf, verabschiedeten sich und dann waren sie auch schon wieder weg.

Nach der sechsten Stunde packte ich mein Zeug langsamer zusammen als sonst und wartete, bis alle draußen waren. Dann ging ich zu Herrn Pallenberg vorne am Pult.

»Was gibt's denn, Leon?«

»Können Sie mir sagen, wo Elias wohnt?«, fragte ich. »Ich würde ihm gern die Hausaufgaben vorbeibringen.«

»Oh«, sagte Herr Pallenberg, während er Stifte und Hefte in seine riesige Aktentasche steckte. »Aber der wohnt ziemlich weit draußen. Du müsstest U-Bahn fahren und dann noch den Bus nehmen. Willst du trotzdem zu ihm?«

»Ja. Warum nicht?«

»Find ich gut«, sagte er, und ohne mich anzuschauen: »Dann kannst du ihm ja gleich noch sein Freundebuch wiederbringen.«

Das gefällt mir an Herrn Pallenberg: Der kriegt ziemlich viele Sachen mit, ohne dass er groß drüber redet.

Während er mir aufschrieb, wie ich fahren musste, fragte ich: »Warum geht Elias denn hier auf die Schule, wenn er so weit weg wohnt?«

Herr Pallenberg gab mir zwei Zettel, einen mit der Wegbeschreibung und einen mit den Hausaufgaben, und sagte: »Das fragst du ihn am besten selber. Und geh danach gleich nach Hause, du hast ja gehört, was die Polizisten gesagt haben.«

»Ja klar«, sagte ich, »hatte ich eh vor.«

Im Schuppen musste ich nicht lang suchen, Max und Robert hatten das Freundschaftsbuch einfach unter das olle Sofa geschoben. Ich nahm es mit und las es unterwegs durch. Zeit hatte ich genug, es war tatsächlich ein verdammt weiter Weg.

Elias' Schwester hatte alle Fragen auf ihrer Doppelseite beantwortet. Einige ihrer Antworten fand ich seltsam. Einige waren aber auch traurig. Auf die Frage, was sie sich wünschen würde, wenn sie einen Wunsch frei hätte, hatte sie nur drei Worte geschrieben: »Papa und Mama.«

Diese drei Sachen würde ich auf eine einsame Insel mitnehmen: »Dich, Mama, Papa.«

Das kann ich nicht ausstehen: »Schwarze Suppe.«

Dahin möchte ich gerne verreisen: »Zu dir.«

An der vorletzten Station musste ich raus und dann nochmal ewig mit dem Bus fahren. Als ich endlich angekommen war, musste ich noch eine kleine Straße entlang und zweimal abbiegen, dann kam ich in die Sackgasse, die auf meinem Zettel mit einem Kreuz markiert war. Aber da gab es gar kein Haus. Nur einen Parkplatz. Eine Wiese. Und dahinter eine alte Werkstatt, vor der ein paar Autos herumstanden.

Ich ging zu der Werkstatt. Ein Mann lag unter einem knallblauen Auto und reparierte anscheinend irgendwas. Ich sah nur seine Beine, die in einem uralten Overall steckten.

»Entschuldigung«, sagte ich zu den Beinen. Keine Reaktion. Ich räusperte mich und wiederholte etwas lauter: »Entschuldigung.«

Jetzt schien der Mann mich bemerkt zu haben. Die Werkzeuggeräusche hörten auf und er kam unter dem Auto hervorgekrochen. Ein schmales ölverschmiertes Gesicht sah mich stumm an.

»Ich suche Elias«, sagte ich.

Der Mann runzelte misstrauisch die Stirn.

»Ich bin aus seiner Klasse«, erklärte ich, »und wollte ihm die Hausaufgaben bringen.«

Der Mann rief etwas in einer fremden Sprache. In der Werkstatt ging quietschend eine schmale Tür auf. Anscheinend gab es nebenan noch irgendwelche Räume. Elias kam heraus. Er stutzte, als er mich sah. Der Mann sagte wieder was, Elias kam näher und stellte sich so dicht vor mich hin, dass ich den leichten Modergeruch seiner Klamotten riechen konnte.

»Was willst du?«, fragte er. »Warum hast du mich verfolgt?«

»Mann, ich hab dich nicht verfolgt. Ich wollte dir nur dein Buch bringen.« Ich gab ihm das Freundschaftsbuch. »Es tut mir leid«, sagte ich.

»Das kannst du mir doch in der Schule geben«, sagte er.

Er hielt das Freundschaftsbuch mit beiden Armen fest an seiner Brust.

»Ich wollte dir auch die Hausaufgaben bringen.« Ich gab ihm den Zettel, auf den Herr Pallenberg geschrieben hatte, was wir aufhatten.

Elias verdrehte die Augen. Der Mechaniker war mittlerweile wieder unter dem Auto verschwunden und hämmerte wie verrückt auf die Karosserie ein. Wir standen auf dem Werkstatthof und ich wusste nicht recht, wie ich weitermachen sollte. Elias schien das Schweigen nicht zu stören. Mir war es unangenehm.

»Ich … also … Die anderen reden schlecht über dich«, sagte ich schließlich. »Warum bist du so komisch? Und was ist mit deiner Schwester?«

»Du meinst, das kriegst du raus, wenn du mir nachfährst wie ein kleiner Fernsehpolizist? Du Wursthans.«

»In der Schule sagst du ja nichts. ›Hanswurst‹ sagt übrigens höchstens noch meine Oma.«

»Ah, deine Oma. Hat die dir auch erzählt, dass ich eine Schwester habe?«

»Nein. Ich hab's mir sofort gedacht, als ich das Foto in deinem Buch gesehen habe. Und vorhin hab ich ihre Antworten gelesen. Das kann nur deine Schwester geschrieben haben.«

Er sagte nichts. Man hörte bloß das Gehämmer unterm Auto, ansonsten war es still.

»Warst du eigentlich schon immer so misstrauisch?«, fragte ich.

»Welcher Mist?«

»Kein Mist. Misstrauisch. Das bedeutet, dass man niemandem vertraut. Dass man immer vorsichtig lauert, weil man denkt, alle würden einen reinlegen. Als ob das ganze Leben eine Falle wäre.«

»Stimmt.«

»Was?«

»Das ganze Leben ist eine Falle.«

»Hör mal«, sagte ich, »das mit deinem Buch, das tut mir wirklich leid. Aber ich hab's dir nicht weggenommen. Ehrenwort. Ich wusste nur, wer's hatte. Und wo sie es versteckt haben.«

Elias schaute mich so lange an, dass ich Angst hatte, er könnte wieder auf mich losgehen. Aber er sagte nur: »Danke. Und jetzt geh nach Hause, okay?«

»Wollt ich eh gerade. Ich hab übrigens reingeschrieben.«

»Reingeschrieben?«

»In dein Buch. Alle Antworten. Bis morgen!«

Er schaute verdutzt auf sein Freundschaftsbuch und schlug es auf.

Wenigstens damit hatte ich ihn überrascht.

# 16

Als ich am Abend nach Hause kam, dachte ich zuerst, ich bin allein. Mama war ja mit Lotti zu Oma und Opa gefahren. Es war ganz still. Im Gang standen Lottis Hausschuhe und unter der Garderobe lag Rosina, ihr Kuscheltier. Ein rosa Schwein, das vom vielen Kuscheln längst grau geworden war. Ohoh, das würde Tränen geben heute bei Oma. Lotti sagt immer, ohne Rosina kann sie unmöglich schlafen.

Aber Papa hätte doch da sein müssen. Auf mein »Hallo?« kam keine Antwort. Ich war schon fast an der Küche vorbei, als ich ihn aus den Augenwinkeln sah. Er saß am Küchentisch. Ich konnte nur seinen krummen Rücken erkennen, der Kopf war vornübergebeugt, als wäre er im Sitzen eingeschlafen.

»Papa?«, fragte ich. Er rührte sich nicht. »Hey, wach auf!«, rief ich und ging zu ihm. Ich stupste ihn von hinten an. »Hey, Papa, was ist los?«

Er schreckte hoch. »Was? Oh, hallo, Leon. Es ist fantastisch.« Er sah mich kurz an und beugte dann den Kopf wieder runter. Nicht zu fassen. Er spielte unter dem Tisch »Das Spiel«.

»So echt!«, rief er. »Schau doch. So echt! Als könnte man reinfassen.«

Auf dem Display fuhr jemand irre schnell auf einem Laster durch die Wüste. Am Horizont sah man eine Staubwolke näher kommen, anscheinend wurde der Laster verfolgt.

»Papa, ich hab mir heute in der Schule aus Versehen drei Finger abgeschnitten.«

Papa reagierte nicht.

»Papa?«

Ich schrie: »PAPA!«

Er blickte verärgert auf. »Brüll hier nicht so rum. Ich bin extra früher aus dem Büro gekommen, damit ich in Ruhe das Level fertig spielen kann. Morgen früh gibt's schon ein neues.«

Ich seufzte. »Ich weiß, Papa. Viel Spaß noch.«

Was war das für ein Spiel? Papa war dauernd an seinem Handy. Aber nur wegen seinen Mails und SMS. Spiele hatten ihn bisher noch nie interessiert.

Ich ging zum Altpapier und suchte nach der Zeitung von vorgestern. Als ich den Text über den verschwundenen Wolf gefunden hatte, riss ich das Foto mit Krato und dem Tierpfleger aus und ging in mein Zimmer.

# 17

Diese Nacht war die schönste von allen. Wie eine Atempause, bevor das große Chaos anfing. Auch wenn ich jetzt noch dran denke – Mann, das war wie Fliegen. Wie eine ganze Reihe von Glücksmomenten. So was erlebt man normalerweise höchstens einmal im Jahr.

Kurz bevor ich in den Schlaf sank, dachte ich an die seltsame Alte aus meinem gestrigen Traum. An ihre Teetasse, ihren schrägen Akzeeeent und die Regale. Und auf einmal fühlte sich mein Bett an wie ein Fahrstuhl, in dem es abwärtsging, schneller und schneller, tiefer und tiefer, als ob sich der Boden unter meinem Zimmer geöffnet hätte, und dann stand ich auch schon in dem Keller. Da, wo die Alte mich gestern begrüßt hatte.

Jetzt lehnte Morpheus am Brunnen, ein Bein über das andere geschlagen. Er schien auf mich gewartet zu haben. Kaum dass ich angekommen war, streckte er einen Arm aus und zeigte hinter sich, ins Halbdunkel.

»Ich hab dir was mitgebracht«, sagte er.

Hinter dem Brunnen stand ein großes Brett. Nein, eine Tür. Aus Holz. Uralt. Und sehr wertvoll. Das sah man sofort. Als würde sie zu einem Palast gehören. Die Klinke war aus schwerem Gold. Der Türstock sah aus wie zwei knorrige Baumstämme, deren Äste sich über der Tür vereinigten. In das dunkle Holz der Tür waren lauter Köpfe geschnitzt. Die Augen in ihren Gesichtern bestanden aus glatten schwarzen Steinen, die matt vor sich hin funkelten. Es sah aus, als würden mich all diese Menschen stumm beobachten.

Ich ging zweimal um das ganze Ding herum. Die Tür schien so fest in der Erde zu stehen, als hätte Morpheus sie hier eingemauert. Die Traumgläser in den Regalen an der Wand beleuchteten die ganze Szene mit ihrem pulsierenden milchigen Licht, als wären wir in einem Swimmingpool unter Wasser.

»Gefällt sie dir?«, fragte Morpheus.

»Na ja«, sagte ich. »Ich wundere mich eher, warum du hier eine Tür aufstellst. Eine Tür ohne Zimmer dahinter.«

Morpheus lachte leise. »Ich hab sie gestern Nacht hier unten gefunden. Beim Aufräumen.«

»Echt?«, sagte ich. »Warst du gestern auch hier? Da hab ich die drei alten Schwestern kennengelernt.«

»Ich weiß«, sagte Morpheus, »sie haben von dir geschwärmt. Vor allem die jüngste.« Er legte sein Gesicht in hundert Falten und sagte mit hoher Stimme: »Sooo ein prääächtiger Junge.«

»Und warum hab ich dich dann nicht gesehen?«, fragte ich.

»Oh«, lachte er und zeigte tief ins Dunkel. »Ich war ganz weit hinten. Ich hab das Loch zugemauert, das Krato in unsere Schutzmauern geschlagen hat, um uns auszurauben.«

»Was? Wie groß ist denn dieser Keller?« Ich kniff meine Augen zusammen, um im Dunkel eine Wand zu erkennen, das Ende dieses Kellers.

»Ich hab dir ja schon gesagt, mit Zahlen bin ich nicht so gut. Aber vielleicht acht Stunden Fußmarsch? Wir sind jedenfalls gerade erst zurückgekommen.«

Er zeigte auf den Boden neben der Brunnenmauer. Da lag Kerberus, zusammengerollt wie ein Hund, und schlief.

»Oh«, sagte ich. »So weit? Und auf dem ganzen Weg ist alles voller Regale und Gläser?«

»Natürlich. Überleg doch mal. Jeder von euch träumt Nacht für Nacht. Da kommt ordentlich was zusammen. Und das hier ist ja auch nur eines unserer vielen Lager.«

»Wie viele habt ihr denn?«

»Mann, Leon, du immer mit deinen Zahlen. Eine ganze Menge. Aber jetzt ...« Er stieß sich von der Brunnenmauer ab und machte zwei Schritte auf die alte Tür zu. »... zu diesem Problem hier.« Er steckte die Hände in die Hosentaschen, lehnte sich an den Türstock und sah mich erwartungsvoll an. »Gib schon zu, dass du sie schön findest.«

»Okay«, sagte ich, »sie ist schön.«

»Oh danke, das ist aber nett, dass du das sagst. Find ich nämlich auch.«

Ehrlich gesagt fand ich die Tür eher unheimlich als schön, mit all diesen Gesichtern, die stumm aus dem Holz starrten. Aber Morpheus wirkte richtig stolz, also nickte ich bloß.

»War auch ziemlich schwer, sie hierherzuschleppen«, sagte er. »Aber was tu ich nicht alles für dich.« Er zwinkerte mir zu.

»Oje«, seufzte ich. »Jetzt verstehe ich. Du schickst mich wieder mal durch einen deiner Geheimgänge.«

Morpheus nickte, jetzt etwas ernster. »Ja. Bitte. Wobei, ich gesteh's dir lieber gleich. Die Tür gehört Krato.«

»Oh«, sagte ich. »Komm ich auf der anderen Seite in der Wirklichkeit raus? Oder steht er mir dann direkt gegenüber?«

»Ich weiß nicht, was dich dort drüben erwartet. Aber als er noch hier bei uns lebte, ist Krato oft nachts durch diese Tür verschwunden. Wenn er zurückkam, sagte er jedes Mal, er habe euch besucht. Ich hab oft gefragt, wo er war. Doch er sagte immer nur ›traumhaft‹. Immer dieses eine Wort. Als wäre das ein Ort. ›Wo warst du?‹ – ›Traumhaft.‹ Ich weiß nicht, ob er damit irgendwelche Träume meinte oder die Wirklichkeit. Diese Tür ist vielleicht unsere einzige Chance, herauszubekommen, wo er hin ist.«

»Und warum gehst du nicht selbst durch?«

Morpheus zuckte mit den Schultern. »Wenn ich das könnte, hätte ich es längst gemacht.«

»Sieht nicht so schwer aus«, sagte ich. »Da ist die Tür und da die Klinke.«

Morpheus stellte sich davor, sagte: »Pass auf!«, und holte tief Luft. Dann streckte er langsam seine Hand nach dem Türgriff aus. Erst passierte überhaupt nichts. Die Gesichter starrten ausdruckslos auf seine näher kommende Hand. Die Tür rührte sich nicht. Ich sah ihn stirnrunzelnd an, doch er sagte nur: »Wart's ab.«

Zwei Sekunden später, seine Fingerspitzen hatten die Türklinke fast erreicht, knirschte es im Türstock und alle Gesichter schlossen wie auf Verabredung ihre Augen. Gleichzeitig wuchsen rasend schnell aus den beiden Baumstämmen dicke Äste aufeinander zu und verschmolzen in der Tür zu einem dichten Geflecht. Die meisten Gesichter waren jetzt überwuchert, wie hinter dicken Gefängnisgittern. Und man hörte im Inneren der Tür schweres Klacken, als würde ein Haufen Riegel und Schlösser zuschnappen.

Morpheus zog die Augenbrauen hoch, als wolle er sagen: »Siehste!« Er versuchte die Klinke runterzudrücken, aber sie bewegte sich keinen Millimeter.

»Krato war schon immer ein großer Bastler«, sagte Morpheus schulterzuckend. »Ombra und ich haben immer wieder versucht, diese Tür zu öffnen, aber keine Chance, wir kommen da nicht durch.«

Kaum war er zwei Schritte zurückgetreten, zogen die Äste sich in den Türstock zurück, die Gesichter schlugen ihre Augen auf, und man hörte, wie im Inneren der Tür all die geheimen Riegel und Schlösser wieder geöffnet wurden.

»Betreten strengstens verboten«, seufzte Morpheus. »Jedenfalls für mich.«

»Und du meinst, mich lässt sie durch?«

Morpheus wies in Richtung Tür, wie ein Butler, der einem den Vortritt lässt. »Wäre zumindest nett, wenn du es mal ausprobierst.«

Ich näherte mich langsam der Tür. Die goldene Klinke funkelte wie neu. Die Baumstämme rechts und links sahen wirklich wie von alten Bäumen aus, mit Rinde und diesen knorpeligen Hubbeln, die Bäume oft haben. Und die Gesichter schienen mich immer noch schweigend anzusehen. Ich streckte behutsam die Hand aus. Nichts zu hören. Im Türstock rührte sich nichts. Und die schwarzen Edelsteinaugen schimmerten ruhig vor sich hin.

Ich sah zu Morpheus zurück, der mir zunickte. Dann holte ich tief Luft, ungefähr so wie auf dem Fünf-Meter-Turm vor dem Sprung in die Tiefe. Als ich vorsichtig die kühle Klinke herunterdrückte, sprang die Tür lautlos auf und gab den Blick frei auf blauen Himmel.

Nanu? Ich dachte, ich komm in irgendwelche gruseligen Keller oder Albträume. Stattdessen stand ich vor einer riesigen Fläche, die völlig leer war. Wie eine Bühne. Nur viel, viel größer. Darüber spannte sich der Himmel wie ein Zeltdach. So tiefblau, als würde gleich blaue Farbe heruntertropfen. Und dann kam aus der Ferne, vom Horizont her, ein Junge auf einem Rennrad auf mich zu. Und

ich hörte eine aufgeregte Lautsprecherstimme. Der Junge kam rasend schnell näher. Es war Robert auf seinem Rennrad. Er wurde verfolgt von lauter erwachsenen Radfahrern. Sie waren ihm dicht auf den Fersen, aber er war immer ein Stück voraus. Der begeisterte Moderator jubelte, wie unfassbar schnell dieser Robert doch sei. Und dass ihn bisher bei der Tour de France ja niemand gekannt habe, dass er jetzt aber plötzlich Erster sei und ihn keiner mehr überholen könne. Robert strahlte übers ganze Gesicht. Er schien zu leuchten vor Stolz, während er all den erwachsenen Radprofis davonfuhr.

Robert war mit seinen Verfolgern kaum an mir vorbeigerauscht und die Stimme des Moderators leiser und immer leiser geworden, da kam Shermin angeschlendert, die coole Shermin aus meiner Klasse, die immer klingt, als komme sie direkt aus einem der Krimis, die sie gerade wieder geschaut hat. Jetzt sah sie sturzverliebt aus. Sie hing am Arm eines berühmten Schauspielers, der ihr sagte, wie wunderschön sie sei und wie toll es sich anfühle, dass sie lauter Poster von ihm in ihrem Zimmer habe, und dass er die ganze Krimiserie nur für sie gedreht habe, und das größte Glück sei ja wohl, dass er jetzt Arm in Arm mit ihr hier langlaufen dürfe. Sie lächelte ihn an, als wäre sie betrunken vor Verliebtheit.

Hinter den beiden ging ein älterer Mann und sah selig in die Luft. Shermin und ihren Fernsehstar nahm er gar nicht wahr. Die beiden waren jetzt aber auch schon wieder verschwunden. Da war nur noch dieser Mann und über ihm waren Bäume, die sich im Wind bewegten, und er schaute da immer hin, als wäre dieses Blätterrauschen das Tollste der Welt. Als er direkt an mir vorbeiging, sprach ich ihn leise an und fragte, warum er so lächle.

»Schau doch da hoch«, sagte er.

Da waren nur die Baumkronen und der Himmel. Genau das hab ich gesagt: »Da sind doch nur Bäume und Himmel.«

»Eben«, sagte er. »So schön.«

Dann blieb er kurz stehen. Er trug einen Bart, hatte eingefallene Wangen und sah blass aus.

»Ich sitze nämlich seit fünfundzwanzig Jahren im Gefängnis«, sagte er. »Und aus dem Fenster meiner Zelle seh ich nur die Betonmauer gegenüber. Nach nichts sehne ich mich so sehr wie nach Himmel und dem Rauschen der Bäume.«

In dem Moment hab ich es kapiert. Krato hatte hinter der Tür mit den Gesichtern lauter Glücksträume gesammelt, die hier in einer Art Dauerschleife liefen.

Ein dicker Junge stand in einem Fußballspiel gegen seine Parallelklasse zuerst nur am Rand des Spielfelds rum. Aber dann fiel ihm der Ball vor die Füße, er fing an zu dribbeln, erst vorsichtig, dann immer wilder, er kurvte um all die sportlichen Jungs herum und dann schoss er das entscheidende Tor, aus fünfzehn Metern, ins Kreuzeck, und alle Mädchen bejubelten ihn.

Eine schüchterne junge Frau traute sich, auf einer großen Opernbühne zu singen, und die Leute klatschten wie

verrückt. Ein Junge rannte um seinen Rollstuhl herum, jubelnd und schreiend, sprang in die Luft und sah seinen Beinen dabei zu, wie sie sich endlich wieder bewegten. Ein Blinder sah Farben, ein Tauber hörte Klaviermusik und ein kleines Mädchen, das sich seit Jahren vergeblich ein Haustier wünschte, knuddelte einen schwarzen Hasen fast zu Tode. Es hatte die Augen geschlossen und weinte stumme Glückstränen.

Und ich hatte, während ich all diese Wunsch- und Sehnsuchtsträume sah, die ganze Zeit das Gefühl, als würde ich fliegen, weiter und immer weiter.

Als ich am Morgen aufwachte, war ich zum ersten Mal seit Langem richtig ausgeschlafen. Ich lag noch eine Weile im Bett und versuchte, das alles irgendwie festzuhalten, den ganzen Reichtum dieser Träume, die Sehnsucht und die Glücksgefühle. Und ich fragte mich, ob Morpheus mir vielleicht einfach was schenken wollte, weil er ahnte, wie anstrengend es noch werden würde, die Reise, das Versteck im Wald, der Kampf … Und von Krato war weit und breit nichts zu sehen gewesen. Als ich durch die Tür gegangen war, hatte ich panische Angst gehabt, dass er mich auf der anderen Seite erwartet. Oder dass ich wieder in irgendwelche Albträume stolpere. Stattdessen hatte dort das Glück der ganzen Menschheit auf mich gewartet.

Irgendwann bin ich aus meinen Gedanken hochgeschreckt, hab mich schnell angezogen und bin los. Weil wir ja am

Schuppen verabredet waren. Eigentlich alle vier. Aber nur Nina ist gekommen. Es war Samstag, das weiß ich genau, weil wir uns so früh getroffen haben. Das Gras war noch feucht vom Tau, aber die Sonne schien schon so stark, dass die Schuppenwand unsere Rücken wärmte. Und ich hab nervös an meinen Fingernägeln rumgeknibbelt, weil ich am Anfang – oh, wenn ich nur daran denke, ist mir das schon peinlich.

Jeder gesunde Mensch hat ja zwei Arme. Eigentlich stören die einen nie. Aber wenn ich Nina gegenüberstehe, weiß ich plötzlich nicht, was ich mit ihnen machen soll. Entweder sie hängen an mir runter wie zwei steife Papprollen. Oder ich schlenker damit rum wie ein Vollidiot. Dann fühlt es sich an, als wären sie viel zu lang, wie bei einem Orang-Utan.

Jetzt am Schuppen auch wieder. Ich war als Erster da. Saß an der dunklen Holzwand, ließ mich von der Sonne wärmen und wartete auf die anderen. Aber als Nina kam, bin ich aufgesprungen und stand da und wusste nicht, wohin mit meinen Armen. Es war zum Davonlaufen. Hallo, Nina – schlenkerschlenker. Was machst du denn hier – baumelschlenkerhibbelschleuder. So früh schon – wackelwackelhaarekratz. Mädchen kichern manchmal, wenn ihnen was peinlich ist. Und da am Schuppen war es, als würden meine Arme kichern. Der einzige Trost war, dass Nina es anscheinend gar nicht mitbekommen hat. Weil sie so wütend war. Sie kam gerade von Max. Hatte bei ihm geklingelt. Und er hatte erst nicht aufgemacht.

»Ich hab immer weitergeklingelt«, sagte sie. »Irgendwann hat er das Fenster aufgerissen und runtergeplärrt, dass ich abhauen soll. Er muss weiterspielen. Wir sollen ihn in Ruhe lassen.«

Sie ließ sich mit dem Rücken an der Schuppenwand runtergleiten. Dabei rutschte ihr T-Shirt ein bisschen hoch. Ich versuchte, nicht auf ihren Bauchnabel zu starren, und setzte mich neben sie.

Es war schon ziemlich warm und die Sonne warf durch den Kirschbaum lauter Lichtflecken auf Ninas Arme. Meine eigenen hielt ich jetzt in Schach, indem ich an den Fingernägeln rumpulte.

Nina sagte plötzlich mit gequetschter Stimme: »Tja, wenn ihr euch sooo benehmt, können wir den Wandertag gerne auch streichen.«

»Herr Pallenberg!«, rief ich und kicherte. Sie hatte seinen Tonfall extrem gut nachgemacht. Dann zog ich meinen Mund ganz schmal zusammen, schloss die Augen und sagte mit hoher Stimme: »Riiiichtig, ja, seeeehr schön, genau.«

Nina musste lachen. »Frau Ehrlich.«

Mir wurde ganz warm im Bauch, als Nina so lachte. Ich versuchte, meinen Hals möglichst nah an meine Brust zu ziehen, um ein Doppelkinn anzudeuten. Dann sagte ich mit bayerischem Akzent: »Wenns ihr ned amoi wissts, wo de Mongolei is, woaß i fei ned, wos ihr an dera Schui zum suacha hobts.«

»Herr Fischer.«

Es war nicht Nina, die geantwortet hatte. Hinter den Brennnesseln stand Elias. Nina sprang erschrocken auf. Und Elias sagte jetzt in der Stimmlage von Herrn Pallenberg: »Noch mal schwätzen und du sitzt zur Strafe neben Elias.«

»Was macht der denn hier?«, fragte Nina entgeistert.

»Überraschungsbesuch«, sagte Elias.

»Woher weißt du ...?«, fragte Nina.

Elias hielt das Freundschaftsbuch hoch.

»Ich hab ihm reingeschrieben, wie er uns hier findet«, erklärte ich.

Nina schaute von Elias zu mir und dann wieder zurück.

»Schönes Haus«, sagte Elias, ging zum Schuppen und spähte durchs Fenster.

»Oh, cool«, sagte er, während Nina mich fragend ansah, »sogar mit Getränken!«

»Leider ohne«, sagte ich. »Der Automat geht nicht, kein Strom.«

Elias ging einmal um den Schuppen. Ich folgte ihm. Neben der Eingangstür hing ein schwarzer Sicherungskasten.

»Da haben wir schon geschaut«, sagte ich. »Die Sicherungen sind alle drin.«

Er machte den Kasten trotzdem auf. Dann fragte er: »Habt ihr einen Schraubenzieher?«

Ich holte ihm einen aus dem Werkzeugkasten, den Nina mal von zu Hause mitgebracht hatte.

Er hantierte eine Weile in dem Sicherungskasten herum.

Plötzlich ging drinnen die Glühbirne an der Decke an und der Getränkeautomat fing an zu brummen.

»Jetzt auch mit Getränken«, rief Elias.

Wir gingen in den Schuppen. Der Automat summte leise vor sich hin. Ich warf einen Euro ein und drückte auf das Cola-Zeichen. Tatsächlich. Eine Dose rumpelte in den Auswurfschacht. Ich gab sie Elias. Er befühlte die Dose und sagte: »Kälter wär besser.«

»Stimmt«, sagte ich. »Wir teilen uns die hier und kaufen nachher zwei kalte, okay?«

Dann setzten wir uns mit der warmen Cola wieder raus an die Schuppenwand und zu den Brennnesseln.

Elias machte sein Freundschaftsbuch auf und sagte: »Ich suche meine Schwester.«

»Hier?«, fragte Nina, während sie die Dose zischend öffnete.

»Nein«, sagte ich, »ich glaub, eher generell.«

Elias nickte und blätterte zur Doppelseite mit den Antworten seiner Schwester. »Seit sie weg ist, fühl ich mich wie halber Mensch.« Er fuhr sich mit der Handkante wie mit einem Messer über die Schulter. »Als ob ein Arm fehlt.«

»Ich glaube, ich hab deine Schwester gesehen«, sagte ich.

Elias drehte sich ruckartig zu mir. »Was? Wo?«

»Hey«, rief ich und hob die Hände. »Nicht wieder auf mich losgehen, okay? Meine Arme tun immer noch weh.«

»Tut mir leid, entschuldige.«

Über uns im Baum hörte man zwei Amseln streiten.

»Ich dachte, du hast das Buch geklaut«, sagte er.

»Ich hab deine Schwester nicht wirklich gesehen«, sagte ich. »Nur in einem Traum.«

»In welchem Traum?«, fragte er ganz entgeistert.

»Da war eine Frau. Und deine Schwester. In einer Hütte. Die Frau wollte, dass deine Schwester einen Teller mit schwarzer Flüssigkeit isst. Aber sie wollte nicht.«

Elias sprang auf. »Woher weißt du das?«, fragte er aufgeregt.

Die Sonne stand hinter ihm, sodass ich zu ihm hochblinzeln musste. »Kommt dir der Traum etwa bekannt vor?«

»Natürlich!«, rief Elias. »Den träum ich jede Nacht.«

Nina runzelte die Stirn. »Woher weißt du, was Elias träumt?«

Ich tat so, als hätte ich die Frage gar nicht gehört, und sagte zu Elias: »Scheußlicher Traum. Vor allem, wenn dann der Mann reinkommt.«

Elias stutzte. »Welcher Mann?«

»Na, der im schwarzen Anzug. Mit den kalten Augen.«

Elias überlegte kurz. »Nein. Dann hast du doch was anderes geträumt. In meinem Traum gibt es nur meine Mutter und meine Schwester Elena. Und die Suppe ist wirklich …« Er verzog das Gesicht.

»Ekelhaft?«, sagte Nina fragend.

»Genau. Ekelhaft«, sagte Elias. »Aber ein Mann ist da nicht.«

Ich zog das zerknitterte Zeitungsfoto von »Doktor Krato« aus meiner Hosentasche, tippte mit dem Finger drauf und sagte zu Elias: »Der Typ hier. Kennst du den?«

»Nein«, sagte Elias, »nie gesehen.« Er schaute sich das knochige Gesicht noch mal genauer an. »Der sieht ja fies aus. Wie im Kino. Sogar mit Sonnenbrille.«

Ich verstand das nicht. War ich jetzt in Elias' Traum gewesen oder nicht? Krato war ja anscheinend nicht Teil seines Traumes gewesen. War das eine Mischung aus einem Traum und irgendwas anderem gewesen?

»Okay«, sagte Elias, »okay. Ich erzähl's euch jetzt.«

Und dann hat Elias ungefähr eine Stunde lang erzählt. Als hätte man bei einem tiefen Stausee die Schleuse geöffnet. Die ganze Geschichte quoll nur so aus ihm raus, in einem Strom.

# 18

»Wir kommen aus Grosny«, fing er an. »Das ist eine Stadt in Tschetschenien. Kennst du Tschetschenien?«

Er hatte sich mit dieser Frage an mich gewandt und ich schüttelte den Kopf.

»Ein kleines Land, das zu Russland gehört«, erklärte er. »In dem so lange Krieg geherrscht hat, dass viele Menschen heute noch in Ruinen hausen. Man kann da nicht leben.« Elias zog den Ärmel seiner Jacke hoch, er hatte eine Narbe vom Handgelenk bis zum Ellbogen.

»Was ist das?«, fragte Nina.

»Von einer Tretmine. Lag in der Wiese, auf der ich mit einem Freund gespielt habe.«

»Aber warum hast du am Ellbogen eine Narbe, wenn du mit dem Fuß auf eine Mine trittst?«, fragte ich.

»Wenn ich draufgetreten wär, wär ich jetzt tot. Mein Freund wurde zehn Meter durch die Luft geschleudert. Ich hab nur zwei Splitter abbekommen.«

Er nahm Nina die Dose weg, trank einen großen Schluck und gab sie dann an mich weiter.

»Meine Eltern haben immer von Deutschland geredet. Mein Vater war als Student hier. Zusammen mit seinem Bruder, meinem Onkel. Solange ich denken kann, hat mein Vater gesagt: ›Eines Tages gehen wir nach Deutschland. Ihr müsst Deutsch lernen, damit ihr es eines Tages besser habt.‹ Er hat fast nur deutsch mit uns geredet und immer gesagt, eines Tages, eines Tages, eines Tages. Deutschland, Deutschland, Deutschland. Aber das Einzige, was eines Tages passiert ist, war, dass mein Vater erschossen wurde. Einfach so. Nicht in Deutschland. Sondern bei uns in Grosny. Auf offener Straße. Von drei Soldaten. Meine Mutter hat an dem Tag aufgehört zu reden.«

»Wie meinst du das?«, fragte ich.

»Na, sie redet nicht mehr. Sie sitzt nur stumm im Keller ihrer Traurigkeit. So hat mein Onkel es gesagt. Der kam eine Woche nach dem Tod meines Vaters, um uns zu holen. Du hast ihn gestern gesehen, unter dem Auto.«

»Was?«, sagte Nina. »Unter dem Auto? Hatte er einen Unfall?«

»Nein«, sagte Elias, »eine Werkstatt. Ich wohn bei ihm. Meine Mutter wollte nicht weg aus Grosny. Sie hat ihre alten Eltern da leben, meine Großeltern. Also hat sie uns meinem Onkel mitgegeben. Der hat uns hierhergebracht. Mein Onkel kann sich aber nicht gut um Kinder kümmern. Der redet kaum.«

»Ah«, sagte ich, »von dem hast du also deine liebenswürdige Art?«

»Ja, vielleicht«, sagte Elias. »Aber im Vergleich zu dem bin ich echt eine Plaudertüte.«

»Tasche«, sagte Nina.

»Ja, Plaudertasche. Als wir hier in Deutschland ankamen, hat mein Onkel gesagt, dass ihm zwei Kinder zu viel sind. Also hat er meine Schwester zu einer Tante gebracht, die auch hier in Deutschland lebt. Aber fünfhundert Kilometer weit weg. Seitdem fühl ich mich wie amputiert.«

Er hatte einen kleinen Stock vom Boden aufgehoben, von dem er sorgfältig die Rinde abpulte.

»Und jetzt, wo sie spurlos verschwunden ist, erst recht. Und es gibt eine Sache, die geht mir nicht aus dem Kopf.«

Er schälte von seinem Ast ein Stück Rinde ab und warf es in Richtung der Brennnesseln. Der Rindenfaden kringelte sich in der Luft wie eine Raupe.

»An dem Nachmittag, als mein Onkel sie zu unserer Tante bringen wollte, saßen wir gemeinsam draußen vor der Werkstatt, genau da, wo du gestern mit mir geredet hast. Wir haben ausgemacht, dass wir jeden Tag telefonieren und dass wir uns oft besuchen werden. Elena war untröstlich und ich hab versucht, ihr Mut zu machen. Da kam eine seltsame Frau die Straße entlang. Sie blieb vor meiner Schwester stehen und fragte, ob wir Geld verdienen wollten. Wir müssten gar nichts machen. Außer schlafen. Wir würden ein paar Euro pro Nacht bekommen. ›Verdient euch euer Geld einfach im Schlaf‹, sagte sie und

lächelte die ganze Zeit. Mir war die Frau unheimlich, aber sie war sehr schick, ganz in Schwarz gekleidet, schwarze Turnschuhe, schwarze Haare, schwarzes Stirnband. Elena war total beeindruckt. Die Frau fragte, ob sie unsere Handynummern haben kann. Als dann mein Onkel vor der Werkstatt auftauchte, ist sie schnell verschwunden.«

Ich unterbrach ihn. Mir fiel der Traum ein, in dem Antec durch den Wald gejagt wurde. »Warte mal. Die Frau, ganz in Schwarz, hatte die seltsame Augen?«

»Oh ja«, sagte Elias. »Wollt ich gerade erzählen. Darüber hab ich danach auch mit Elena geredet. Es war ja hell. Und trotzdem haben ihre Augen seltsam geleuchtet. Grün. Milchig. Kalt.«

Er zog die Knie näher ran, als ob er frieren würde bei der Erinnerung.

»Und dann?«, fragte Nina.

Elias zuckte die Schultern. »Dann ist Elena weggefahren. Die erste Zeit habe ich täglich mit ihr telefoniert. Da war alles noch okay. Nach einer Woche hab ich ihr das Freundschaftsbuch geschickt. Sie hat sich total gefreut und am Telefon gesagt, dass sie nicht reinschreiben kann, weil es zu wertvoll ist. Kurz danach hat sie sich plötzlich nicht mehr gemeldet.« Er warf seinen abgepulten Stock in die Brennnesseln. »Und ich hab sie nicht mehr erreicht. Mein Onkel ist nach ein paar Tagen hingefahren. Seine Cousine und Elena waren beide weg. Da lag nur ein Brief, dass er sich keine Sorgen machen soll und dass sie verreist sind. Total seltsam. Wohin sollen sie denn verreisen? Mein Onkel sagt, seine Cousine hat gar kein Geld, um zu verreisen. Elena hat mir dann zweimal Briefe geschrieben. Die klangen ganz anders als sonst. Sie schreibt eigentlich immer witzige Sachen. Und kleine Geschichten. Aber jetzt hat sie geschrieben wie ein Automat. Es geht gut. Wir haben zu essen. Mach dir keine Sorgen. Beim dritten Mal kam dann das Freundschaftsbuch, das ich ihr geschickt hatte. Mit ihren seltsamen Antworten.«

»Warst du bei der Polizei?«, fragte ich.

Er sah mich stirnrunzelnd an.

»Bei der Polizei? Ich? Leon, die suchen Leute wie mich. Ich bin illegal.«

»Was ist das?«

»Ich hab noch keinen deutschen Pass. Das heißt illegal. Mein Onkel hat mich über die Grenze geschmuggelt. Ich darf eigentlich nicht hier in Deutschland sein. Wenn mich die Polizei aufgreift, werd ich nach Tschetschenien zurückgeschickt. Und da will ich nie mehr hin.«

»Aber warum darfst du dann auf unsere Schule?«, fragte Nina.

»Herr Pallenberg ist schwer in Ordnung«, sagte Elias. »Schuldirektoren können Illegale wie mich aufnehmen. Die meisten trauen sich nur nicht. Herr Pallenberg kommt mich sogar ab und zu nach der Schule besuchen und gibt mir dann Deutschunterricht.«

»Darf ich mal?«, fragte Nina und nahm Elias das Freundschaftsbuch vom Schoß.

»Klar«, sagte Elias. »Du liest, ich hol neue Cola.«

Er ging in den Schuppen. Ich hörte von drinnen das Klacken von Münzen. Die Sonne war inzwischen hinter dem Kirschbaum hochgestiegen und stand jetzt fast senkrecht über uns. Elias musste mindestens eine Stunde erzählt haben. Vier oder fünf Züge waren in der Zeit vorbeigedonnert. Er hatte in der einen Stunde mehr gesagt als im ganzen Schuljahr. Ich konnte durch die Holzwand hören, wie es im Automaten rumpelte. Elias kam mit zwei Dosen zurück. Er gab mir eine, sie war tatsächlich eiskalt. Die andere reichte er Nina.

»Warum hast du in der Schule nie was gesagt?«, fragte ich.

»Weil ich Angst hatte, dass ihr mich anpfeift.«

»Meinst du ›verpfeift‹?«

»Ja. Dann kommt die Polizei zu meinem Onkel und nimmt mich mit.«

Nina unterbrach uns: »Schau mal«, sagte sie zu Elias und las laut vor: »›Das kann ich nicht ausstehen: Schwarze Suppe.‹«

»Ja«, sagte Elias. »Das muss eine Botschaft von Elena sein. Wir haben nie im Leben schwarze Suppe gegessen. Nie. Ich denk jeden Tag drüber nach, was das bedeuten soll. Jeden Tag.«

»Und jede Nacht«, sagte ich. »In deinen Träumen. Was soll das überhaupt sein – schwarze Suppe?«

»Keine Ahnung«, sagte Elias.

»Sie hat sowieso ein paar seltsame Antworten gegeben«, sagte Nina.

»Ja«, sagte Elias. »Es geht so oft ums Schlafen. Ich glaube, sie ist mit der schwarzen Frau mitgegangen, die uns Geld angeboten hat.«

Nina tippte auf die linke Seite im Freundschaftsbuch.

»Was ist das für ein Kreis?«, fragte sie. Sie zeigte auf einen kleinen Kringel, der mit Bleistift hinter das Geburtsdatum gezeichnet worden war.

Elias winkte ab. »Ach, Elena hat immer alles vollgekritzelt. Das ist eine Schlange, die sich in den Schwanz beißt.«

»Hat sie aber sonst nirgends«, beharrte Nina. »Nur hier beim Datum.«

Elias zuckte mit den Schultern.

»Ich glaube, sie hat dir eine Botschaft geschrieben«, sagte ich.

»Ja, Mann, natürlich«, sagte Elias, »aber ich finde die Botschaft nicht. Ich gucke und gucke und sehe nicht, was sie mir sagen will.«

Wir saßen stumm nebeneinander. Muss seltsam ausgesehen haben. Als würden wir einen Wettbewerb machen, wer am intensivsten in die Brennnesseln starren kann.

Plötzlich fragte Nina: »Kommt ihr eigentlich auch heute Abend?«

»Wohin?«, fragten wir gleichzeitig.

»Na, zu Max.«

Elias und ich sahen uns an.

»Damit er mir sagt, dass ich stinke?«, erwiderte Elias.

»Was ist bei Max?«, fragte ich.

»Na, er erzählt doch seit Tagen, dass sein Vater heute Abend allen Testspielern ›Das Spiel‹ vorstellen wird.« Sie hob die Hände und verdrehte die Augen, als sie »Das Spiel« sagte. »Große Party in der Firma Nychtos. Wisst ihr das gar nicht?«

»Nö«, antwortete ich. »Mir hat er nichts gesagt.«

»Ich geh da nur hin, wenn ihr mitgeht«, sagte Nina.

Ich fand's eine tolle Idee, aber Elias schüttelte den Kopf.

»Komm schon«, sagte ich.

»Was, wenn da Polizei ist und die jeden kontrollieren, der reinwill?«, fragte er.

Ich fand das Quatsch, aber da wurde er wütend und sagte, ich würde überhaupt nichts kapieren. Für ihn sei jede U-Bahn-Fahrt gefährlich.

»Muss mich ja nur jemand nach meinem Ausweis fragen und ich bin raus aus Deutschland.«

# 19

Ich holte Nina dann abends um halb acht mit dem Rad ab. Sie hatte auf Google geguckt, wo die Firma von Max' Papa lag, wir mussten nur zwei Kilometer die Isar entlang, am Deutschen Museum vorbei. Ich hab den ganzen Weg über kaum was gesagt, weil ich's perfekt fand. Es war warm, Nina fuhr neben mir in ihrem flatternden T-Shirt, hinter ihr glitzerte grün die Isar – genau so soll das Leben sein, und wir hätten einfach immer weiterfahren können, flußabwärts, bis zur Donau und bis zum Meer, und da legen wir uns an den Strand und ich zappel auch nicht mehr mit den Armen und wir gucken in den Sternenhimmel, aber leider waren wir bald da.

Eine riesige Villa, direkt an der Isar. Große Fackeln am Eingang, Türsteher, schwarze Limousinen davor. Auf der Freitreppe standen Frauen in engen, schwarzen Hosenanzügen und mit schwarzen Sonnenbrillen und hielten den Leuten Tabletts mit Sektgläsern hin. Die Frauen sahen

seltsam streng aus, ich meine, im Fernsehen lächeln solche Frauen ja immer und tun so, als fänden sie's ganz toll, dass sie einem Tabletts hinhalten, aber die hier hatten echt was Eisiges. Wie so biestige Lehrerinnen. Und als ob auf ihren Tabletts keine Sektgläser wären, sondern lauter Direktoratsverweise, die sie an die Gäste verteilen.

Neben den Frauen standen kleine Körbchen, in die alle Gäste ihre Handys legten, um sich dann auf einer Namensliste einzutragen. Ich zog schon mein Handy aus der Tasche und wollte es gerade in einen der Körbe legen, als ich Max' Stimme hinter mir hörte: »Na, so was.«

Er wartete oben an der Treppe, die Haare gegelt, und trug ein schwarzes T-Shirt. Darauf stand in grünlich leuchtender Schrift: »Max und Antec. Ein Spiel. Zwei Leben.« Hinter ihm tauchte Robert auf. Auch er trug so ein schwarzes T-Shirt, nur dass auf seinem stand: »Robert und Enno. Ein Spiel. Zwei Leben.«

Max sagte grinsend zu Nina: »Hast ja wen mitgebracht.«

»Hallo, Max«, sagte Nina.

»Soll ich wieder gehen?«, fragte ich.

»Nein, nein«, sagte Max gönnerhaft, »passt schon. Wusste nur nicht, dass dich Computerspiele interessieren. Egal, ich muss rein, geht gleich los.«

Er drehte sich um zur Tür und sagte noch: »Ihr müsst sie nicht abgeben, ihr steht nicht auf der Liste.«

Nina und ich steckten beide unsere Handys wieder ein und folgten ihm.

Max sagte zu einem der stämmigen Türsteher: »Die gehören zu mir.« Dabei zeigte er mit dem Daumen über seine Schulter auf uns. Kurz darauf war er im Gedränge der Gäste verschwunden.

Die Wände, der Boden und die Decke der großen Eingangshalle waren tiefschwarz. Nur in der Mitte der Rückwand war eine Art Kinoleinwand angebracht. Links und rechts davon hatten sich zwei ultramuskulöse Bodyguards aufgestellt. Überall standen Erwachsene rum. Mehr so von der coolen Sorte, in Turnschuhen und Anzügen, unter denen sie schlabbrige T-Shirts trugen. Die meisten wirkten ziemlich aufgekratzt, einer sagte zu der Frau neben sich: »Wenn das nur halb so gut wird, wie er angekündigt hat, hat es sich schon gelohnt.«

»Ach«, sagte die Frau, »das ist doch alles Angeberquatsch.« Sie schien sauer zu sein. Während sie redete, tanzten ihre goldenen Ohrringe auf und ab.

»Wart's ab«, sagte er, »wart's einfach ab. Ich hab's ausprobiert, das Spiel ist besser als alles, was ich kenne.«

Die Frau verdrehte die Augen: »Mann, du solltest dich mal hören.«

Wir waren die einzigen Kinder unter lauter Erwachsenen.

»Am liebsten würd ich wieder gehen«, sagte Nina.

»Ich auch«, sagte ich. Aber eigentlich stimmte das nicht. Ich wollte jetzt unbedingt wissen, was es mit dem Spiel auf sich hat.

»Können wir nicht einfach abhauen?«, fragte Nina.

Im selben Moment entdeckte ich Max. Er stand hoch über dem Publikum auf einer Art Empore. Ein Scheinwerfer war auf ihn gerichtet wie auf einen Zirkusartisten. Die meisten Erwachsenen bemerkten ihn gar nicht, sondern plauderten weiter.

Max startete sein Handy. Gleichzeitig sah man auf der Leinwand den Wald, den ich schon kannte. In dieser Kinogröße war der Effekt noch beeindruckender. Weil es nicht wie eine Leinwand wirkte. Sondern als ob plötzlich die Rückwand des Saales aufgegangen wäre und dahinter ein dichter, tiefer Wald läge, in den wir alle reingezogen wurden. Als von links Antec keuchend ins Bild gerannt kam, schrien ein paar Leute in der Nähe der Leinwand vor Schreck auf. Ich bin auch zusammengezuckt, obwohl wir ja ganz hinten standen. Und obwohl ich wusste, was gleich kommt. Es sah so aus, als würde Antecs Verfolgungsjagd direkt in diesem Saal stattfinden. Max steuerte ihn in Richtung einer Felswand. Antec gab ihm, während er rannte, ein Zeichen. Weil Max das aber nicht sah, rief Antec über seine Schulter in den Saal: »Verdammt, weiter links, ich muss da hoch, die kriegen mich!«

Jetzt hatten auch die letzten Gäste aufgehört, sich zu unterhalten.

»Auf den Fels?«, rief Max durch die Halle in Richtung Leinwand.

»Klar, mach schnell!«

Die Leute schauten irritiert zwischen Max und der Leinwand hin und her. Neben mir flüsterte die Frau, die gerade noch so skeptisch geklungen hatte: »Reden die echt miteinander?«

Aus dem Wald hörte man Schüsse, rennende Schritte und knackende Äste, dann erlosch das Bild plötzlich.

Stille. Irgendwo fing jemand an zu klatschen, kurz darauf johlte das ganze Publikum.

Max hielt sein Handy triumphierend in die Höhe wie einen Pokal und genoss den Applaus. Auf der Empore trat ein Mann neben ihn und winkte ins Publikum. Er sah aus wie ein Sportler und hatte blonde Locken, die glänzten.

»Hey«, flüsterte Nina, »Max' Vater.«

Sie klang begeistert, als sie das sagte – und ich verstand auch, warum. Der Mann strahlte was Sympathisches, Entspanntes aus. Er sagte, wie sehr er sich freue, dass er diesem ausgewählten Testpublikum heute endlich »Das Spiel« präsentieren könne. Dass »Das Spiel« alles in den Schatten stellen werde, was bisher an Computerspielen entwickelt wurde. Dass es schon in drei Tagen in die Läden kommen werde. Und dass seine Firma einen irrsinnigen Sprung gemacht habe, seit Doktor Krato das Unternehmen vor einem Dreivierteljahr übernommen habe. »Umso trauriger, dass er heute nicht da sein kann, er lässt sich kurzfristig entschuldigen.«

In meinem Kopf gab es eine Art stumme Explosion. Was hatte der gerade gesagt? Doktor Krato? Dem gehört der Laden hier?

Da hob Max' Vater seine Arme wie ein Dirigent und sagte: »Wir werden Sie jetzt in die Welt unseres Spiels ent-

führen. Sie werden nicht mehr wissen, wo die Wirklichkeit aufhört und das Spiel anfängt. Wie in Ihren intensivsten Träumen in der Nacht. Aber bevor es losgeht, schenken wir jedem von Ihnen einen ganz persönlichen Glücksmoment«, sagte er und lächelte. Darauf schien er besonders stolz zu sein. »Den gibt's eigentlich nur alle zehn Level. Ihr ganz persönlicher, geheimer Traum vom Glück.«

Einige Leute lachten. Die Frau mit den Ohrringen runzelte die Stirn. »Woher will dieser Typ wissen, was mein Traum vom Glück ist?«, fragte sie flüsternd.

In dem Moment breitete Max' Vater die Arme aus. »Es werde Nacht!«, rief er, und es war, als werfe er die Dunkelheit wie ein dickes Tuch über uns.

Wenn das Licht in so einem Saal ausgeht, kann man normalerweise noch die Hand vor den eigenen Augen erkennen. Oder die Leute, die direkt vor einem stehen. Hier aber war es, als wäre ich von einem auf den anderen Moment blind geworden. Ich sah nichts mehr. Wirklich gar nichts. Ich fuhr mir vorsichtig über die Augen, weil es so irritierend war, dass ich kurz überlegte, ob sie mir jemand von hinten verbunden hatte. War aber nicht so. Ich hatte die Augen weit aufgerissen und starrte in diese Schwärze, die so dicht war, als würde ich das Dunkel selbst sehen. Schwarzes Schwarz, unendlich tief. Wie das Weltall ohne Sterne. Die Leute um uns herum murmelten, einige erschraken auch, eine Frau rief: »Hilfe, wo bin ich?«, andere lachten.

Gerade als Max' Vater aus dem Dunkel sagte: »Bleiben

Sie alle einfach ruhig stehen!«, gingen hier und da kleine Lichter an. Immer zwei nebeneinander. Auf Augenhöhe. Milchig grün. Sie bewegten sich langsam durch den Raum.

»Cool«, flüsterte Nina.

»Was?«, fragte ich.

»Na, die Augen.«

Nina hatte recht. Das waren keine Lichter, sondern Augenpaare. Ich erkannte sie sofort wieder. Aus Max' Traum. Die schwarzen Frauen. Ihre suchenden Blicke im Wald …

Sie waren ungefähr zu zehnt, verteilten sich im Saal und stellten sich vor die Erwachsenen. Als eine der schwarzen Frauen in unsere Nähe kam, sah ich, dass sie einen Korb in der Hand hielt und den Leuten ihre Handys zurückgab. Deswegen hatten die Frauen vorhin diese Sonnenbrillen aufgehabt. Damit man das seltsame Licht nicht gleich sah. Über die Augen der Frau neben uns lief eine grüne Leuchtschrift: »NYCHTOS – DIE MACHT DER NACHT«. Sie blinzelte nicht. Sie schaute stur geradeaus und starrte die Frau mit den Ohrringen an. Die Frau nahm ihr Handy mit offenem Mund entgegen und sagte nichts. Als wäre sie unter Hypnose. Die schwarze Frau nickte ihr zu und ging dann weiter.

Als sie an uns vorbeikam, blieb sie wieder kurz stehen. Sie legte den Kopf etwas schief, als würde sie mich wiedererkennen. Die grünliche Leuchtschrift zog gleichmäßig vom linken ins rechte Auge hinüber, schien dann in ihrer

rechten Schläfe zu verschwinden und fing wieder von vorne an: »NYCHTOS – DIE MACHT DER NACHT.« Absolut gruselig.

Die schwarze Frau ging weiter. Um uns rum gingen auf Hüfthöhe einige viereckige Lichter an. Alle, die ihr Handy zurückbekommen hatten, starrten auf ihre Displays. Und alle, die ich sehen konnte, fingen kurz darauf an zu lächeln. Oder vor Rührung zu weinen.

»Oh mein Gott«, flüsterte die Frau mit den goldenen Ohrringen, »oh mein Gott, ist das schön.« Die Tränen liefen ihr übers Gesicht, sie hielt sich eine Hand vor den Mund.

Die Leute waren außer sich. So was hab ich bei einem Haufen Erwachsener noch nie erlebt. Bei einer Beerdigung weinen einige. Beim Fußballspiel schreien sie, wenn ein Tor fällt. Aber das hier war anders. Viel stärker. Alle waren völlig aufgewühlt.

Und dann bin ich so erschrocken, dass ich Ninas Arm packte.

»Krass, oder?«, sagte sie, während sie weiter auf all die durchdrehenden Erwachsenen starrte.

Aber das meinte ich nicht. Da oben. Im Dunkel. Über Max und seinem Vater. Da war noch eine Empore. Und auf der stand Krato. Ich hab ihn sofort erkannt. Dünn. Schwarz. Sein Knochengesicht. Der wehende Mantel. Er stützte sich mit beiden Händen auf die Brüstung und guckte auf die Menge runter. Wie ein Feldherr. Diesmal trug er keine Sonnenbrille. Er nickte stumm und schien zufrieden zu lächeln. Als er mich sah, fixierte er mich mit seinen eiskalten, teerschwarzen Augen. Es war ja immer noch ziemlich dunkel in der Halle. Deshalb hätte ich seine Augen eigentlich gar nicht sehen können. Aber diese Augen – sie waren so schwarz, dass sie vor Schwärze leuchteten.

In dem Moment zupfte mich jemand am linken Ärmel und flüsterte mir ins Ohr: »Komm, schnell!«

Elias! Er war doch gekommen. Er war außer Atem und hatte Schweiß auf seiner Stirn.

»Hey, was machst du denn hier?«, flüsterte ich.

Er nickte mit dem Kopf in Richtung Ausgang. Ich stupste Nina an. Sie lächelte, als sie Elias sah. Der blickte sich nervös um. »Kommt mit nach draußen«, sagte er tonlos. »Schnell.«

Als ich wieder zur Empore hochschaute, war sie leer und Krato verschwunden.

Eine Minute später liefen wir zu dritt die Treppe der Villa runter. Eine der schwarzen Frauen sah uns stumm hinterher. Ihre Augen strahlten milchig grün durchs Dunkel.

»Was ist los?«, fragte Nina, während sie Elias hinterherlief. »Warum bist du hergekommen?«

Er legte einen Zeigefinger an seine Lippen und deutete stumm mit dem Kinn zum Fluss runter. Wir liefen zur Kiesbank und setzten uns gegenüber dem Wasserfall, der vor der Lukaskirche hinunterrauscht. Elias atmete schwer, er musste vorher ziemlich gerannt sein. Er sah

sich kurz um und sagte dann im Flüsterton: »Mann, was machen die denn hier?«

»Wer?«, fragte Nina.

»Diese Frauen mit den Cyborg-Augen«, sagte er. »Genauso sah die schwarze Hexe aus, die Elena und mir damals den Job angeboten hat.« Er starrte uns an, schielte dabei ein bisschen, als sei er unter Hypnose, und flüsterte: »Im Schlaf verdientes Geld …«

Ich nickte. »Die scheinen alle unter einer Decke zu stecken.«

Ich wollte gerade von Krato erzählen, den ich im Dunkeln entdeckt hatte, aber Elias zog aufgeregt das Freundschaftsbuch unter seinem Pulli hervor und sagte: »Egal, ich weiß jetzt, wo meine Schwester ist.«

»Oh«, sagte Nina.

Elias schlug das Buch auf. »Und zwar wegen dir.«

»Wegen mir?«, fragte Nina.

»Ja, weil du diesen Kreis gesehen hast hinter dem Geburtsdatum.«

Er zeigte auf die Zahlen – 5.7.09 – und den Bleistiftkringel dahinter.

»Vor ein paar Wochen hab ich mal all ihre Antworten untereinandergeschrieben und die ersten Buchstaben zu einem Wort zusammengesetzt. Da kam nur Buchstabenurwald raus.«

»Salat«, sagte ich, aber Elias hörte mich gar nicht.

»Das Datum ist der Schlüssel. Sie ist am 5.7.09 geboren. Von ihrer ersten Antwort muss man den fünften

Buchstaben nehmen. Von der zweiten den siebten. Von der dritten den neunten. Und dann …«, er zeigte auf den Pfeil, der auf sein eigenes Ende zeigte, »… dann wieder von vorne.«

Elias hatte mit einem Bleistift die entsprechenden Buchstaben eingekringelt, den fünften, den siebten, den neunten, dann wieder den fünften, bei der nächsten den siebten, bei der übernächsten den neunten und so weiter.

»Und was kommt da raus?«

Elias zeigte auf den unteren Rand der Seite, wo er alle Buchstaben nebeneinandergeschrieben hatte.

»ALMODOZASVAROSA«, entzifferte Nina. Sie sah erst mich an, dann Elias und seufzte: »Das soll ein Wort sein? Das ist doch auch nur Buchstabensalat.«

»Ich dachte zuerst, dass es wieder falsch ist«, sagte Elias. »Aber dann hab ich das Wort im Internet eingegeben. Und da hab ich die Lösung gefunden.« Er drehte sich noch mal ängstlich um, ob ihn jemand hören konnte, dann sah er uns beide an und sagte leise: »Almodozasvarosa ist ein winziges Dorf in Ungarn. Kurz hinter der österreichischen Grenze. Elena muss in diesem Dorf sein.«

»Wow«, sagte ich. Die Isar rauschte laut. Es war mittlerweile so dunkel, dass über uns die ersten Sterne funkelten.

»Wow«, sagte auch Nina.

Almodozasvarosa.

Klang gut. Vor allem, wenn Elias es aussprach. So weich.

»Ich fahre morgen früh hin«, sagte er.

»Ich komm mit«, sagte ich sofort.

Nina und Elias sahen mich verdutzt an. Ich hätte mich selbst gern verdutzt angeschaut. Das war mir einfach so rausgerutscht.

»Und was sagst du deinen Eltern?«, fragte Nina.

»Meine Mutter ist nicht da. Und mein Vater kriegt das gar nicht mit. Der wohnt grad in seinem Handy. ›Das Spiel‹ …« Ich ahmte ihn nach, wie er hypnotisiert am Küchentisch saß. »Ich leg ihm einen Zettel hin, dass wir ins Schullandheim fahren. Komm doch auch mit«, sagte ich zu Nina.

»Keine Chance«, antwortete sie. »Meine Eltern – ich kann nicht einfach nach Ungarn fahren. Wie wollt ihr da überhaupt hinkommen?«

»Mit dem Zug«, sagte Elias. »Ich hab gesehen, es gibt dort einen kleinen Bahnhof.«

# 20

Als ich nach Hause kam, schlief Papa schon, auf dem Sofa, wie so oft. Er hielt das Handy im Schlaf in der linken Hand, auf dem Display stand: »Das Spiel – Dein Spiel.« Im Flur blinkte der Anrufbeantworter. Mama hatte angerufen, Lotti ging es anscheinend schon wieder besser.

Ich bin in mein Zimmer und hab den kleinen Rucksack gepackt: Zwei Paar Socken. Zwei Unterhosen. Taschenmesser. Kaugummi. Pflaster. Taschenlampe. Dann hab ich mich ins Bett gelegt. Als Letztes hab ich noch den Wecker gestellt, auf Viertel nach sechs, weil der Zug kurz nach sieben fuhr. Ich hab einen digitalen Wecker, auf dem man nur die Zahlen sieht, grünlich leuchtend. Als ich ihn jetzt nah vors Gesicht hielt, kam es mir vor, als würden mich die Zahlen aus der Nähe anstarren. In diesem Moment kippten die Ziffern lautlos von 23.59 auf 00.00. Ich bin eigentlich nicht abergläubisch. Aber das war schon

unheimlich. Plötzlich Mitternacht. Direkt vor meinen Augen. Und es sah aus, als hätte der Wecker die Augen aufgeschlagen. Klar, es waren nur vier Nullen. Aber es waren vier kalte Augen, die mich stumm musterten. Die mir sagten, dass sie mich die ganze Zeit sehen.

Auch nachdem ich den Wecker auf den Nachttisch zurückgestellt hatte, starrten die grünen Nullen weiter zu mir rüber. Wie die Augen der schwarzen Frauen, dachte ich noch. Dann fiel ich, immer tiefer, die Treppe runter, direkt in den Keller der Schule.

Ich stolperte ein, zwei Schritte ins Dunkel. Da standen noch die Regale. Aber sie waren alle leer. Keine Gläser mehr. Diesmal war es kalt hier unten. Kalt, dunkel und feucht. In der Mitte der Halle brannte ein Feuer. Und um dieses Feuer saßen sie. Alle fünf – Morpheus, Ombra und die drei Schwestern. Die Alte, die sich in der vorletzten Nacht so nett mit mir unterhalten hatte, weinte. Sie hob gerade einen ihrer braunen Rockzipfel ans Gesicht und schnäuzte sich laut hinein.

»Leon!« Morpheus stand auf, als er mich sah. »Da bist du ja.« Er warf zwei der Regalbretter ins Feuer, aus dem Funken aufstiegen.

»Wow«, sagte ich. »Habt ihr alles weggeräumt?«

»Schön wär's«, sagte Morpheus. »Das war Krato. Er hat uns geplündert.«

Aus dem Dunkel der Halle kam Kerberus angelaufen. Er wedelte zwar freundlich mit seinem riesigen Schweif, aber ich musste mich trotzdem zwingen, nicht wegzulaufen. Als er mich mit seiner Schnauze am Bein beschnupperte, legte ich ihm vorsichtig eine Hand auf den Kopf.

»Oh«, sagte Ombra. »Das lässt er eigentlich nie zu.«

Kerberus schloss die Augen und drückte seinen Kopf in meine Hand. Sein Fell war so dicht wie ein Wintermantel.

»Hat Krato alle Gläser mitgenommen?«, fragte ich.

»Aus diesem Lager schon«, sagte Morpheus. »All die anderen hat er bisher in Ruhe gelassen. Aber er wird wiederkommen. Das hier war nur der Anfang.«

»Was will Krato denn mit all den alten Träumen?«, fragte ich, während ich Kerberus weiterstreichelte.

»Sag du es mir«, antwortete Morpheus. »Du warst doch gestern hinter seiner Tür.«

Ich schüttelte den Kopf. »Da war er aber nicht. Da waren nur lauter glückliche Menschen.«

Morpheus und Ombra sahen sich fragend an.

»Wie meinst du das?«, fragte Ombra.

»Es war – wie ein riesiges Karussell, auf dem lauter Glücksmomente vorbeikamen. Dinge, von denen Menschen ihr Leben lang träumen. Ein gelähmter Junge, der plötzlich wieder gehen konnte. Ein schüchternes Mädchen, das auf einer Bühne stand und keine Angst mehr hatte. Solche Sachen.«

»Ach, dafür hat er die gesammelt«, sagte Ombra.

»Wieso gesammelt?«, fragte ich.

»Er hat manchmal einzelne Traumgläser mitgenommen und nur gesagt, dass er sie braucht«, erklärte sie.

»Aber warum raubt er euch jetzt aus?«, fragte ich. »Was will er mit all den vielen Träumen?«

»Was Krato genau will, kann ich dir auch nicht sagen«, sagte Morpheus. »Aber ich weiß, dass ihr Menschen eure Träume dringend braucht. Ihr habt keine Ahnung, wie wichtig sie für euch sind. Weil ihr sie tagsüber vergesst. Dabei ist es, als hätte jeder von euch einen Schatz unter seinem Haus liegen. So was wie eure heimliche Fußbodenheizung. Die ist unsichtbar. Aber ihr wärmt euch trotzdem daran. Genauso wärmt sich euer Leben auch an euren Träumen. Selbst wenn ihr im Alltag nichts davon mitbekommt.«

»Und wenn wir keine Träume mehr haben?«

Morpheus warf zwei Regalbretter ins Feuer, aus der Glut sprühten wieder Funken empor. Dann sagte er: »Merkst du, wie kalt es jetzt hier unten ist? Ohne eure Träume ist das Leben wie ein eiskalter Steinfußboden. Man kann eine Weile überleben. Aber es ist scheußlich. Als würde euch alle Nahrung fehlen. Als Krato schon mal zu euch rüberkam, ist nach kurzer Zeit die Pest ausgebrochen. Da sind Hunderttausende gestorben.«

»Hat er damals auch alles geplündert?«

»Nein«, sagte Morpheus und sah sich wieder im leeren Dunkel um. »Damals hat er nur einen Teil der Gläser und Träume mitgenommen. Deshalb glaube ich auch, dass es diesmal noch viel schlimmer wird.«

Alle starrten ins Feuer, das langsam runterbrannte.

Zwei Meter weiter stand der uralte Brunnen, wo die Steinschlange immer noch in ihren eigenen Schwanz biss. Der verbeulte Eimer war leer.

Die runzlige Schwester wiegte ihren Kopf, als würde sie nachdenken. Ich sagte zu ihr: »Nicht mal Tee heute?«

»Oiiiiii«, rief sie und fing an zu weinen. »Oiiiioiiiioiiii.« Sie schnäuzte sich in ihren Rock und schüttelte den Kopf.

Ombra nahm sie in den Arm und sah mich an: »Krato hat uns auch die Quelle abgegraben.«

»Den Schlangenbrunnen?«, fragte ich. »Mit eurem Lethe-Zeug? Was macht er denn damit?«

»Kommt drauf an«, sagte Ombra. »Wenn man es stark verdünnt, ist es gut fürs Gedächtnis. Und fürs Träumen. Erinnerst du dich an den Kaugummi, den Morpheus dir im Zoo gegeben hat?«

»Ja klar«, sagte ich. »Ziemlich seltsamer Geschmack.«

»Da war ein winziger Tropfen Lethe drin«, sagte Morpheus.

»Und wenn man es unverdünnt trinkt?«, fragte ich und setzte mich etwas näher ans Feuer. Es war wirklich sehr kalt hier unten. »Vergisst man dann nie wieder irgendwas?«

»Im Gegenteil«, sagte Ombra. »Dann vergisst man alles.«

»Oha«, sagte ich.

Wir starrten wieder ins Feuer, das langsam in sich zusammensank.

Dann sagte ich: »Ich glaub, ich weiß, wo Krato ist.«

Alle fünf schauten auf.

»Was?«, fragte Ombra. »Wo?«

»In Ungarn.«

Die drei Schwestern sagten gleichzeitig: »In Uuuungarn?«

Ich wollte ihnen gerade alles erzählen, von Elias und seiner Schwester, vom Freundschaftsbuch und dem Code, den Nina entschlüsselt hatte. Von Almodozasvarosa und von unserem Plan, morgen dort hinzureisen. Aber in dem Moment klingelte mein Wecker und ich wachte auf.

# 21

6.15 Uhr. In einer Stunde fuhr der Zug. Ich hatte Herzklopfen. Alleine zum Bahnhof. Fahrkarte kaufen. Und dann nach Ungarn. Wo ist das überhaupt genau? Ich stand leise auf und ging in die Küche. Mama und Papa haben da Bargeld in einer Teedose versteckt. Ich nahm mir 400 Euro und stellte die Dose zurück. Dann schrieb ich Papa meine Notlüge mit dem Schullandheim auf einen Zettel. Eigentlich wollte ich auch noch frühstücken, aber bring mal was runter, wenn du weißt, dass du gleich zehn Stunden Zug fährst, um ein Mädchen zu suchen. Also nahm ich einfach meinen grünen Rucksack und fuhr damit zum Bahnhof.

Elias wartete schon auf mich. Er stand unter der großen Uhr in der Mitte der Ankunftshalle und hatte einen riesigen roten Rollkoffer dabei.

»Wo willst du denn damit hin?«, fragte ich.

»Nach Ungarn«, antwortete er nur.

»Ah. Tauchurlaub, was?«

»Nein, da ist mein Segelboot drin. Los, du holst Ticket, ich hol Essen.«

Auf dem Weg zum Schalter fiel mir zum ersten Mal auf, wie müde und blass einige der Leute waren, die hier rumliefen. Da dachte ich noch, dass es an der frühen Uhrzeit liegt. Der Mann, der am Ticketschalter vor mir in der Schlange stand, starrte einfach ins Leere. Die Frau hinter mir hatte eine dicke Jacke an und guckte ratlos in ihr Handy. Sie klapperte trotz der Daunenjacke mit den Zähnen. Mitten im Sommer. Als der Mann vor mir dran war und die Bahnangestellte ihn fragte, was er will, sagte er: »Keine Ahnung. Vergessen.«

Die Angestellte verdrehte die Augen und sagte: »Mann, Sie sind der Dritte heute Morgen, der nicht weiß, wo er hinwill. Können Sie bitte zur Seite gehen?«

Der Mann nickte stumm und ging einfach weg. Ich guckte ihm hinterher, als die Frau zu mir sagte: »Und du? Hast du auch vergessen, wo du hinwillst?«

»Zwei Mal nach Ungarn bitte, zwei Kinder.«

Als die Frau fragte, ob ich auch Rückfahrtickets kaufen wolle, stockte ich kurz. Daran hatte ich noch gar nicht gedacht. Wie kommen wir heim mit Elias' Schwester? Mit dem Zug? Hallihallo, Herr Grenzbeamter, wir sind's, die lustige Kinderbande! Den Pass von Elena haben wir selbst gemalt, schön geworden, oder?

Die Frau bemerkte mein Zögern. Sie legte den Kopf schief und fragte plötzlich misstrauisch: »Wollt ihr alleine nach Ungarn? Ohne Eltern?«

»Meine Mutter holt uns da am Bahnhof ab.«

»Und wo da genau?«, fragte die Frau und kniff die Augen misstrauisch zusammen. »Und warum kaufst du die Tickets alleine?«

»Weil ...« Ich schluckte. »Weil mein Vater gerade mit meinem Bruder das Essen für uns kauft. Jedenfalls keine Rückfahrt, nur zwei Hinfahrtickets bitte. Nach ...«

»Ich kann dir das nicht verkaufen«, unterbrach sie mich und klang jetzt streng. »Da musst du mit deinem Vater wiederkommen.«

»Okay«, sagte ich. »Ich hol ihn.«

Elias wartete schon unter der Anzeigentafel auf mich. Er hielt eine Essenstüte in der Hand und fragte nervös: »Und? Hat's geklappt?«

»Nein. Die Frau wollte mir keine Tickets geben«, antwortete ich.

»Egal«, sagte Elias. »Komm mit.« Er drückte mir eine Wasserflasche in die Hand und sagte: »Los, trink. Die muss leer werden. Die brauch ich später.«

Dann zog er mich zu einem der Fahrkartenautomaten und gab »Budapest« ein.

»Warum denn Budapest?«, fragte ich.

»Weil der Automat Almodozasvarosa nicht kennt«, sagte Elias. »Budapest ist die Hauptstadt von Ungarn.«

Er drückte auf dem Automaten rum:

»Ein Reisender.«

»0-15 Jahre.«

»Einfache Fahrt.«

»Ich lad dich ein«, sagte er, während er sein Portemonnaie aus der Hosentasche holte. »Übrigens danke, dass du wirklich gekommen bist.«

Er zahlte, nahm das Ticket und gab es mir.

»He, Moment«, sagte ich. »Was ist mit dir? Fährst du nicht mit, oder was?«

Er zeigte auf seinen großen roten Koffer.

»Ich bin dein Gepäck. Und jetzt komm.«

Wir gingen zu Gleis 17. Auf den Bänken, die auf dem Bahnsteig standen, saßen einige Leute, die schliefen, vor sich hin dösten oder stumm in ihr Handy starrten. Der Zug stand schon da. Wir liefen ganz nach vorne und stiegen ein. Elias suchte ein leeres Abteil für uns. Er schlenderte den Gang entlang, als hätte er alle Zeit der Welt. Aber sobald wir die Tür des Abteils geschlossen hatten, zog er blitzschnell den Sonnenschutz am Fenster runter, drückte mir die Essenstüte in die Hand, hob den riesigen, leeren Rollkoffer auf die Ablage und stieg auf den Sitz. Er zerrte den Reißverschluss auf, klappte den Deckel seines Koffers hoch und sagte: »Flasche!«

Ich gab ihm die halb leere Wasserflasche. Er zog sich an der Ablage hoch und quetschte sich mit angezogenen Beinen irgendwie in den Koffer. Jetzt konnte ich ihn von unten nicht mehr sehen.

»Los«, zischte es aus dem Koffer, »mach zu, aber lass mir einen Spalt zum Atmen.«

Ich stieg auf den Sitz, klappte den Deckel zu und zog am Reißverschluss. In dem Moment kam ein dicker Mann den Gang entlang, öffnete die Tür unseres Abteils und fragte laut: »Ist hier noch frei?«

»Äh, ja klar«, sagte ich, während ich den Koffer zumachte. Falsch, ich sollte ja einen Spalt offen lassen. Also wieder ein Stück auf. Wenn man hier oben stand, sah man eindeutig an den Ausbeulungen, dass da ein Mensch drin lag. Der Mann kam schnaufend zur Tür rein. Hinter ihm erschien eine Frau im Gang, die genauso dick war wie er. Die beiden hatten zwei riesige Koffer dabei.

»Was guckste denn so von da oben?«, fragte der Mann.

»Ich guck doch gar nicht«, sagte ich, stieg vom Sitz und setzte mich auf einen der beiden Fensterplätze.

»Darf ich mal?«, sagte der Mann und zeigte hoch auf Elias' Koffer.

»Nein«, rief ich aufgeregt. »Ich meine, was wollen Sie denn damit machen?«

Er drehte sich erstaunt zu mir um. »Na, rüberschieben, muss ja meinen eigenen auch irgendwo …«

»Ach so, ja. Moment, ich helf Ihnen.«

»Geht schon«, sagte der Mann, packte Elias' roten Koffer an den Seiten und schob ihn rumsend zum Fenster.

»Vorsicht!«, rief ich.

»Boah«, sagte er. »Schweres Teil. Was ist da drin?«

»Äh«, sagte ich, »Urlaubszeug.«

»Ein Campingwagen, oder was?«

»Nu' lass doch den Jungen«, sagte seine Frau, die schwer atmend in der Tür stand. Dann lächelte sie mir zu: »Wo fährst du denn hin?«

Scheiße, dachte ich, wie heißt noch mal dieses Kaff?

»Ich?«, fragte ich.

»Ja, du«, sagte sie, weiterhin eisern lächelnd. »Sonst ist hier ja niemand, oder?«

Verdammt. Almo… Alomodoza…

»Budapest«, sagte ich.

»Ganz alleine?«

Mann, die saß noch nicht mal und fragte mich schon aus wie eine Grenzbeamte.

»Ja«, sagte ich, »aber meine Mutter holt mich da ab.«

»Das ist aber tüchtig.« Wobei sie nicht tüchtig sagte, sondern tüchtich. Und dann noch mal zu ihrem Mann: »Das 'aba wirklich tüchtich, du.«

Der Mann wuchtete seinen Koffer direkt neben Elias. Er bückte sich noch mal, wobei sich seine braune Hose so über dem wassermelonengroßen Hintern spannte, dass ich dachte, sie platzt. Dann hob er mit einem lauten Stöhnen den Koffer der Frau auf die andere Ablage und stellte noch eine prall gefüllte Tasche auf den Sitz neben mir.

Endlich ließen sich die beiden schwer atmend auf ihre Sitze plumpsen. Der Mann saß jetzt schräg unter Elias. Ich gab mir Mühe, nicht ständig auf unseren roten Koffer zu starren.

»Is' was?«, fragte der Dicke und blickte an sich herunter.

»Äh, nein, warum?«, sagte ich.

»Weil du mein Hemd so anstarrst.«

»Echt? Ach so, nein, nein. Wo fahren Sie denn hin?«, fragte ich.

»Wien«, sagte die Frau. »Und wir haben mindestens so viele Sachen dabei wie du.« Sie zwinkerte mir zu und schaute dann streng auf ihren Mann.

»Na ja«, sagte der Mann, rieb mit seinen Schaufelhänden seine Knie und schaute zum Fenster raus, »ich dachte ja nur, so ein Knirps und dann so ein Riesenkoffer.«

In dem Moment setzte sich der Zug mit einem sanften Ruck in Bewegung. Wir waren noch nicht ganz zum Bahnhof raus, da öffnete die Frau schon die große Tasche, die auf dem Sitz zwischen uns stand, und packte Essenssachen aus. Die musste am Abend zuvor einen ganzen Supermarkt leer gekauft haben, so viel wie sie da rausholte. Na ja, und eigentlich haben die beiden dann von München bis Wien nur gegessen. Ich versuchte immer zum Fenster rauszuschauen. Allein, damit ich nicht dauernd auf den roten Koffer starrte. Und damit die nicht weiter blöde Fragen stellten. Und damit sie nicht mitbekamen, dass ich vor Aufregung dauernd schlucken musste. Was, wenn die Grenzbeamten in alle Koffer gucken wollten? Wie sollte Elias denn da oben drin sechs Stunden lang stillhalten? Und wenn er mal aufs Klo musste?

Draußen war nicht viel los. Erst Häuser. Dann Landschaft. Dann Berge, dann wieder Landschaft. Einmal flog eine riesige blaue Plastikplane durch die Gegend, einmal winkten drei Männer auf einem Dach, ansonsten passierte nichts.

Hier drinnen roch es nach Essen. Mal nach Schinkenbroten. Dann nach lauter Gemüsezeug, Gurke, Tomaten, so Sachen. Geredet haben die beiden kaum, aber sie hatten ja auch dauernd den Mund voll.

Als ich einmal kurz zu ihr rüberguckte, fing die Frau gleich wieder an mit mir zu reden. Ich sah ziemlich viel rot-grünen Gurkentomatenmantsch in ihrem Mund, als sie sagte: »Iff auff umferm Garten, willfft du waff abhaben?«

»Nein, nein«, sagte ich, »sehr nett, aber ich hab mir selbst was gekauft.«

Ich zeigte auf die Essenstüte zwischen meinen Beinen und sah dabei aus dem Augenwinkel, wie sie in ein hart gekochtes Ei biss.

»Na, dann mufft du aber auch tüfftiff waff effen«, sagte sie. »Bifft ja dünn wie ein Ffpatff!«

In dem Moment kam der Schaffner rein. Ich hielt ihm sofort meine Fahrkarte hin und sah, dass ich ziemlich stark zitterte. Der Schaffner bemerkte das aber gar nicht.

»Der Junge fährt ganz alleine nach Ungarn«, sagte die Frau, versprühte dabei Reste von ihrem zerkauten Eigelb und nickte begeistert.

War die total verrückt, oder was?

Der Schaffner sagte nur: »Ist ja auch kein Kleinkind mehr. Gute Fahrt noch. Und guten Appetit.«

Uff.

Als der Schaffner weg war, bemerkte ich, wie sich der Deckel vom Koffer kurz ausbeulte. Als würde sich Elias darin gerade umdrehen. Ich zeigte auf den Boden zwischen den beiden Dicken und sagte ganz aufgeregt: »Oh, ich glaube, Ihnen ist was runtergefallen.«

Der Mann sah auf das Schinkenbrot in seiner linken und die Tomate in seiner rechten Hand. Er hielt das Brot so fest zwischen seinen dicken Fingern, dass der Schinken an den Rändern hochquoll, und sagte: »Hab noch alles.«

Ich kniete mich auf den Boden und guckte da unten rum, unter dem Sitz des Mannes, unter meinem, unter dem der Frau. Die beiden schauten mir stumm zu. Nach einer Minute dachte ich, dass mein Ablenkungsmanöver wahrscheinlich langsam seltsam wirkt, und kam wieder hoch. »Nee, hab mich wohl getäuscht.«

Kurz darauf kamen wir an die deutsch-österreichische Grenze. Die Grenzbeamten gingen zum Glück nur langsam durch den Waggon, ohne unser Abteil zu öffnen. Sie guckten einmal durch die Glastür, und der kleinere der beiden Männer gähnte dabei so stark, dass ich die Goldzähne in seinem Mund funkeln sah. Dann schlurften sie weiter.

Als die beiden Grenzer weg waren, konnte ich mir eine Frage nicht verkneifen: »Kommt da jetzt noch mal eine Grenze oder war's das?«

»Wie meinst 'n jetzt das?«, fragte der Mann und biss wieder von seinem Schinkenbrot ab.

»Na ja, bis wir in Ungarn sind.«

»Ja, klar kommt da noch mal eine. Aber jetzt ist erst mal 300 Kilometer Österreich. Dann kommt Ungarn und da

ist wieder Grenze. Passt du nicht auf in der Schule, oder was?«

»Nu lass doch endlich mal den Jungen in Ruhe«, sagte die Frau wieder.

»Und Sie steigen in Wien aus?«, sagte ich.

»Jep«, sagte der Mann.

»Versprochen?«, fragte ich. Dann schaute ich durch ganz Österreich eisern zum Fenster raus. Deshalb weiß ich jetzt, dass Österreich eigentlich genauso aussieht wie Bayern, nur mit noch mehr Bergen und Landschaft und riesigen Supermarktparkplätzen.

Irgendwann habe ich den Kopf ans Fenster gelehnt, das von der Fahrt vibrierte, und hab an Nina gedacht. Wie schade es war, dass sie nicht dabei war. Als ich kurz darauf merkte, dass ich aufs Klo musste, stand ich auf, drückte mich wortlos an dem dicken Ehepaar vorbei und suchte auf dem Gang, wo das nächste WC-Schild war.

Im ersten Abteil, an dem ich vorbeikam, saß ein Mann, der ein bisschen so aussah wie Elias' Onkel, den ich unterm Auto hatte rumwerkeln sehen. Vor dem zweiten Abteil blieb ich abrupt stehen. Nina! Da drin saß tatsächlich Nina. Ich klopfte leise. Sie schaute überrascht zu mir und winkte mich rein. Ich zog die Abteiltür auf und sagte: »Was machst du denn hier?«

»Sorgen«, sagte sie. »Also mir. Wegen dir.« Sie lachte leise wegen ihres verqueren Satzes. »Und wegen Elias.«

»Oh«, sagte ich. »Mir geht's ganz gut. Aber Elias …«

Ich erzählte ihr von seiner Fahrt im Koffer und dass

ich mit diesem verfressenen Ehepaar im Abteil war. Nina grinste, als ich erzählte, dass den beiden dauernd Essensreste aus dem Mund fielen. Dann fasste ich mir ein Herz und sagte: »Aber wär schon besser, wenn du mitgekommen wärst. Ich hab ziemlich Schiss.«

Sie lächelte mich an. Einfach so. Und ich lächelte zurück. Es war herrlich.

Ich hätte ihr in diesem Moment so gern alles erzählt. Meine nächtlichen Expeditionen in der Schule. Morpheus, mein seltsamer Lehrer. Der Fahrradkeller mit der riesigen Traumsammlung. Kratos Plünderungen gestern Nacht.

Ich schaute raus in die Sommerlandschaft und überlegte gerade, wo ich anfangen sollte, als irgendetwas gegen das Zugfenster knallte. Ein Mal. Zwei Mal. Wie Geschosse. Die Scheibe war an beiden Einschlagstellen gesplittert.

Nina schrie, ich sprang auf. Gab es hier Steinschlag? Aber woher? Es war weit und breit kein Berg zu sehen, die Landschaft war völlig flach. Wir fuhren durch Felder und Wiesen. Aber da. Über dem Feld. Eine Art Wolke, schwarz, pulsierend, wie ein schwarzes Herz. Sie schien sich mit uns mitzubewegen, blieb auf Höhe unseres Fensters, schob sich immer näher – und dann kam der Angriff.

Es prasselte nur so auf die Scheibe ein. Schwarze Flecken. Als würden wir beschossen. Das waren Fledermäuse. Fledermäuse, die sich mit voller Wucht gegen das Fenster warfen. Einige schienen bei diesen Angriffen zu sterben und plumpsten von der Scheibe runter. Andere überlebten den Aufprall, holten neu Schwung und warfen sich

wieder gegen das Fenster. Immer und immer wieder. Zu Hunderten. Die Risse im Glas wuchsen rasend schnell, es sah aus wie ein riesiges Spinnennetz. Erste Splitter fielen in unser Abteil, dann zerbröselte die ganze obere Hälfte der Scheibe. Ich versuchte, mit dem wehenden Vorhang das Loch zu stopfen, aber die Fledermäuse kamen sofort in das enge Abteil geflogen.

Nina kauerte auf ihrem Sitz, ich warf mich über sie und schloss die Augen. Das Flattern klang völlig verrückt, direkt neben uns, über uns, dazu der Fahrtwind von draußen, alles zitterte, und als ich die Augen öffnete, lehnte ich immer noch mit dem Kopf am vibrierenden Fenster meines eigenen Abteils.

Anscheinend hatte die dicke Frau das Fenster geöffnet, während ich schlief, der Fahrtwind wehte mir ins Gesicht.

Das Ehepaar hatte inzwischen angefangen, seine Sachen zusammenzupacken und sich fürs Aussteigen vorzubereiten. Sie stapelten ihre Plastikschalen und Thermoskannen ineinander und stopften alles in ihre Tasche zurück.

Der Mann hob schwer keuchend die beiden Koffer von der Ablage, die Frau sagte noch: »Huch, hier ist ja lauter Sand am Boden. Na, gute Reise, mein Junge!«

Dann polterten sie zur Tür raus und versperrten im Gang allen den Weg.

# 22

Als die beiden in Wien ausgestiegen waren, kletterte ich sofort auf den Sitz.

»Alles klar?«, flüsterte ich in Richtung Kofferspalt.

»Ich möchte nie sterben«, kam es aus dem Dunkel des Koffers zurück.

»Wieso?«, fragte ich erschrocken. »Was ist los?«

»Hier drin ist es eng und dunkel wie in einem Sarg. Arme, arme Tote. Immer nur daliegen und kein Platz.«

Das dicke Ehepaar ging an meinem Fenster vorbei, ohne noch mal zu mir zu schauen. Draußen am Bahnsteig sahen einige Leute aus, als hätten sie was Falsches gegessen. Blass. Grau. Müde. Ein Mann saß stumm auf seinem Koffer und stierte auf unseren Zug. Neben ihm lehnte eine Frau an einem Getränkeautomaten und starrte mit leeren Augen vor sich hin. Ich hab mal mit Mama auf der Autobahn einen schweren Unfall gesehen. Also, nicht den Unfall selbst. Der war schon vorbei. Aber wir sind im Stau

in Schrittgeschwindigkeit daran vorbeigerollt. Ein Auto lag auf dem Dach, ein anderes stand mit zersplitterter Windschutzscheibe am Straßenrand. Daran lehnte ein Mann mit blutüberströmtem Kopf und glasigem Blick. Als ich Mama fragte, ob der Mann gerade sterbe, sagte sie: »Nein, aber er hat einen schweren Schock.«

An dieses Bild musste ich denken, als ich jetzt diese Menschen sah. Und da hab ich plötzlich kapiert, dass das heute Morgen am Münchner Hauptbahnhof gar nicht normale Müdigkeit gewesen war. Sondern dass es an Krato lag. An seinen Plünderungen. All die Leute wirkten so fertig und ferngesteuert, weil ein Großteil ihrer Träume verschwunden war. Was, wenn er jetzt jede Nacht weiterplündert? Wenn letztes Mal schon die Pest durch Europa gerast war, was würde dann diesmal passieren?

Die Tür unseres Abteils ging auf. Eine Frau steckte den Kopf rein und fragte: »Ist hier noch was frei?«

»Äh, leider nein«, sagte ich, »da kommen gleich noch vier Freunde von mir.«

Sie schloss das Abteil wieder und ging weiter.

»Hast du noch Kekse oder so was?«, fragte Elias. »Deine vier Freunde haben Hunger. Es riecht hier drin dauernd nach Essen.«

»Hier draußen auch«, sagte ich. »Aber Tote haben doch eigentlich keinen Hunger.«

»Ich bin ein Toter, der lebt«, sagte Elias.

»Hier, Zombie«, sagte ich und steckte ihm eine Butterbreze und etwas Schokolade durch den Kofferspalt.

»Weißt du, was das Beste ist an Deutschland?«, fragte Elias, während ich den Reißverschluss zuzog.

»Nee, was denn?«

»Die Schokolade. So lecker.«

Der Zug ruckte, wir fuhren wieder los.

»Hey, Leon«, sagte Elias, »du musst mich gleich hinter der ungarischen Grenze runterholen, wir steigen an der ersten Station aus.«

»Okay«, sagte ich.

»Und erzähl mal, was du siehst, es ist so langweilig hier drinnen.«

Ich stieg von der Sitzbank runter und beschrieb Elias, was draußen vorbeizog: Häuser. Große Häuser, alte Häuser, graue Häuser. Eine Taube auf einem Autodach. Ein breiter Fluss.

»Das ist die Donau«, sagte Elias.

Dann zählte ich weiter auf: eine Brücke, ein Mann auf einem Fahrrad, ein Balkon, auf dem zwei Surfbretter standen. Rums. Die Tür des Abteils ging auf. Ein Grenzbeamter mit einer grauen Uniform stand da.

»Mit wem redest du?«

»Ich? Mit niemandem.«

»Du hast doch gerade geredet.«

»Ich singe. Peter Fox.«

Der Mann sah mich streng an. Er guckte auf den Koffer. Dann sagte er: »Ausweis!«

Ich gab ihm meinen Reisepass. Er schaute mein Foto an, dann mich, dann wieder das Foto. »Wohin willst du?«

»Badeurlaub«, sagte ich.

»Allein?«

»Mit meiner Mutter. Meine Eltern sind geschieden. Mein Vater hat mich in München zum Bahnhof gebracht und meine Mutter holt mich gleich in Almodozasvarosa ab.«

Mist. Das hatte ich viel zu schnell gesagt, so wie auswendig gelernt. Na ja, war's ja auch, ich hatte diese Antwort in den letzten Stunden immer wieder im Kopf geübt.

»Ah«, sagte der Schaffner. »Aber in Almodozasvarosa kann man keinen Badeurlaub machen. Da gibt's nur dunklen Wald.«

»Doch«, sagte ich aufs Geratewohl, »ganz in der Nähe ist ein kleiner See.«

Er sah mich noch mal an, gab mir den Pass zurück, schloss die Tür und ging weiter.

Ich sah stumm zum Fenster raus und zählte leise bis zwanzig. Dann wagte ich mich auf den Gang, um zu gucken, ob die Luft rein war. Der Grenzer war anscheinend schon im nächsten Waggon. Ich ging zurück ins Abteil, stieg auf den Sitz und zerrte den Reißverschluss des Koffers auf. In dem Moment fing der Zug auch schon an zu bremsen. Elias drückte den Deckel auf.

»Hilf mir raus«, zischte er.

Ich packte seinen Unterarm. Er stöhnte. Nach sechs Stunden Fahrt war sein Körper anscheinend total steif. Man hörte das Quietschen der Bremsen. Der Zug stand schon fast.

»Schnell«, sagte ich und zerrte an Elias' Arm.

Er zog sich über den Rand des Koffers und hangelte sich zu mir runter, halb kletternd, halb fallend. Mit einem letzten Ruck kam der Zug zum Stehen.

»Los, nimm den Koffer«, sagte Elias. »Wir müssen raus.«

Ich holte den Koffer von der Ablage, warf mir meinen grünen Rucksack über die Schulter und riss die Abteiltür auf. Wir liefen schnell den Gang runter, Elias eher humpelnd mit seinen steifen Knien. Plötzlich blieb ich stehen. Vor dem zweiten Abteil, an dem wir vorbeiliefen. Da lag zersplittertes Glas am Boden. Und auf dem Sitz neben dem kaputten Fenster sah ich etwas Schwarzes.

»Das gibt's doch nicht«, sagte ich.

Aber Elias schob mich weiter. »Schnell, der Zug fährt gleich wieder los.«

Deshalb kann ich es nicht beschwören, aber das Schwarze, das da auf dem Fensterplatz lag, hatte verdammt nach einer toten Fledermaus ausgesehen.

# 23

Wir stolperten aus dem Zug.

»Puh«, sagte ich auf dem Bahnsteig. »Geschafft.«

»Ja«, sagte Elias, der sich mit den Händen auf die Knie stützte. »Total geschafft.«

Ich sah mich um. Der Bahnhof bestand aus einem uralten Schrankenwärterhäuschen und einem verrosteten Schild, auf dem der Ortsname stand. Ansonsten sah man nur ein paar Häuser mit heruntergelassenen Jalousien und alte Bauernhöfe, die in den hohen Wiesen zu versinken schienen. Dieses Almodozasvarosa war ein winziges Kaff.

»Und wo soll hier jetzt deine Schwester sein?«

Elias streckte seine steifen Beine und schaute sich um. »Gute Frage. Sieht jedenfalls nicht aus wie ein normales Feriendorf.«

Vor uns wirbelte der Wind ein paar braune Blätter über die Straße, hinter uns fuhr der Zug ab. Mannomann. Wo waren wir denn hier gelandet? Das Ortsschild schwankte quietschend hin und her.

»Na dann«, sagte ich, nahm den Koffer und ging über die staubige Straße. »Action!«

Elias folgte mir und wir gingen am Schrankenwärterhäuschen vorbei, die kurze Dorfstraße runter. Zehn Häuser. In den Gärten stand das Gras kniehoch. Eine Katze hinter einem zerbrochenen Zaun. Eine Amsel auf einer verrosteten Straßenlaterne. Ansonsten kein Leben weit und breit.

Vor dem letzten Haus stand ein Tisch mit zwei Stühlen. Über der Tür hing ein Schild mit der Aufschrift »Kavezo«.

»Hmm«, sagte Elias. »Kannst du Ungarisch?«

In dem Moment kam ein alter Mann raus, grinste uns an und sagte irgendwas. Er zeigte immer wieder auf den Tisch und nickte.

»Ich glaub, er will, dass wir uns hinsetzen«, sagte ich.

»Ach, ich dachte, er will uns den Tisch verkaufen«, sagte Elias.

Er verzog nie eine Miene, wenn er einen Witz machte. Ist vielleicht so bei Tschetschenen. Wahrscheinlich sitzen die abends im Kreis, alle erzählen Witze und starren dabei ausdruckslos ins Lagerfeuer. Am Ende stehen sie auf und klopfen sich todernst auf die Schulter: »Rasend guter Abend war das wieder. Selten so viel Spaß gehabt.«

Wir setzten uns auf die beiden Stühle, die so stark knarzten, dass ich kurz noch mal aufstand, um zu gucken, ob meiner auch wirklich hielt. Der Mann verschwand im

Haus und kam mit zwei Colaflaschen zurück, die er uns hinstellte.

»Oh«, sagte Elias und hob die Flasche. »Danke.«

Der Mann nickte und verschwand wieder.

»Prost«, sagte ich. »Auf unser Abenteuer.«

»Ja, prost«, sagte Elias. »Und auf Elena. Wo auch immer sie hier ist.«

Auf der anderen Straßenseite pickten drei Hühner im Dreck rum. Der Mann kam wieder raus und stellte zwei Teller Kartoffelsuppe vor uns hin.

»Hast du die für uns bestellt?«, fragte Elias.

Ich sah den Mann unsicher an.

»Kartoffel«, sagte er laut auf Deutsch, zeigte mit beiden Händen auf meinen Teller und nickte begeistert.

»Oh ja«, sagte ich, »danke schön!«

Ich nahm den Löffel und fing an zu essen. Was sollten wir auch sonst tun? Außerdem hatten wir beide riesigen Hunger. Und – ich bin jetzt keiner, der durch die Küche springt und sagt, hurra, mein Lieblingsessen, wenn meine Mutter Kartoffelsuppe macht. Aber das hier war wirklich lecker!

Der Mann stand neben uns und sah uns zu, während er sich die Hände rieb. Wir zeigten ihm, wie gut es uns schmeckte, er nickte strahlend und rief wieder: »Kartoffel!«

»Ja genau«, sagte Elias, »Kartoffel!«

»Kartoffel gut?«, fragte der Mann und sah mich nickend an.

»Kartoffel sehr gut«, sagte ich und nickte zurück.

Dann nickte er Elias zu: »Gut Kartoffel?«

»Supergute Kartoffel«, sagte Elias und leckte seinen Löffel ab.

Der Mann kratzte sich am Kopf.

Nach zwei Minuten hatten wir die Schalen leer gelöffelt. Der Mann verschwand im Haus.

»Was will der Typ von uns?«, fragte Elias flüsternd.

Ich sagte: »Ich glaub, der hat einfach sehr lange niemanden mehr gesehen.«

Da kam der Alte auch schon zurück, diesmal mit einem großen Suppentopf.

»Kartoffel!«, sagte er wieder und gab uns jedem noch eine Kelle. Dann stellte er den Topf ab und schaute die leere Straße rauf und wieder runter. Er sagte was auf Ungarisch, wobei er mit dem Kinn in Richtung Bahnhof deutete.

»Ja«, sagte ich, »wir sind mit dem Zug gekommen. Tut tuuut!«

Ich machte Zuggeräusche wie ein Dreijähriger.

Elias sagte: »Ich glaube, der redet gar nicht vom Bahnhof.«

Der Mann zeigte auf das Haus gegenüber. Die Rollläden waren halb runtergelassen, die dunklen Fenster sahen aus wie müde Augen mit schweren Lidern.

»Weg«, sagte der Mann. »Kaputt.«

»Blöd«, sagte Elias und nickte. »Vor allem, wenn man ein Café hat und keiner mehr kommt.«

»Ah!«, sagte der Mann, »Kaffee?« Er zeigte fragend auf uns beide. »Kaffee?«

Ich verzog das Gesicht, aber Elias sagte: »Gern!« Dann muhte er und fragte: »Milch?«

Der Mann lachte. Er legte den Kopf in den Nacken und muhte laut die leere Straße runter. Schließlich verschwand er wieder in seiner Gaststätte. Eines der Hühner war inzwischen auf unsere Straßenseite gekommen und lief dem Mann durch die offene Tür hinterher.

»Trinken die Hühner hier auch Kaffee?«, fragte ich.

In dem Moment hörten wir das Brummen. Erst ganz leise. Aber es schien näher zu kommen. Dann bog vorne am Bahnhof langsam ein schwarzer Laster in die Dorfstraße ein. Die Löffel in unseren leeren Suppentellern begannen leicht gegen den Rand zu klirren. Der Laster kam auf uns zu. Er nahm die ganze Straße ein und musste sehr langsam fahren, so knapp passte er nur zwischen den alten Häusern durch. Er schien den Lärm seines Motors vor sich herzuschieben wie eine Wand. Beeindruckend laut, wenn man gerade nur Hühner gehört hat und Wind und eine rostige Caféhaustür. Es wirkte, als würden alle Häuser anfangen zu zittern.

Elias stand auf und versuchte den Tisch in Richtung Hauswand zu ziehen. Die Hühner rannten panisch in die umliegenden Gärten. In dem Moment kam der Alte wieder aus seinem Café gestürmt. Er hatte eine Kaffeetasse und eine Colaflasche dabei und stellte beides auf der Fensterbank neben uns ab. Er war wie ausgewechselt. Erst half er

Elias und zerrte den Tisch mit einem einzigen kräftigen Ruck von der Straße weg. Dann schimpfte er auf den Laster, der sich jetzt an uns vorbeischob. Der Mann schüttelte die Faust und schrie gegen den Motorenlärm an, während die riesigen Lkw-Räder direkt an uns vorbeirollten. Im Fahrerhaus saß eine Frau mit Sonnenbrille, die starr geradeaus schaute. Auf der riesigen Lastwagenplane stand in schwarzer Schrift: »Nychtos – Ein Traum von einem Spiel«.

Der Mann schimpfte immer weiter auf Ungarisch auf den Laster ein, es sah aus wie in den Asterix-Comics, wenn einer vor Wut fast platzt, dünner Körper, weißer Bart, knallroter Kopf, zusammengekniffene Augen, und alles hüpft auf und ab. Kaum hatte der Laster das Café hinter sich gelassen, beschleunigte er und fuhr aus dem Dorf raus, durch die Wiesen, in Richtung Hügelkuppe.

»Hinterher«, sagte ich.

»Setz dich«, zischte Elias. »Ich trinke jetzt meinen Kaffee aus und dann gehen wir los. Der Alte muss ja nicht unbedingt wissen, was wir vorhaben.«

Der Mann lief in die Mitte der Straße, schüttelte seine Faust und fluchte hinter dem Laster her. Dann kam er zu uns, stellte die Tasse und die Flasche von der Fensterbank auf unseren Tisch und redete wie besessen auf uns ein, sicher zwanzig Kilo Ungarisch, die Sätze kamen wie endlose Luftschlangen aus seinem Mund. Dabei zeigte er immer abwechselnd auf das verlassene Dorf und den Laster, der jetzt hinter der Kuppe verschwand. Wir nickten ab und zu und tranken.

Irgendwann fragte Elias: »Hast du ein paar Euro?«

Ich holte mein Portemonnaie raus. Als der Mann das sah, schüttelte er den Kopf.

»Freund«, sagte er, jetzt wieder ruhiger, und zeigte auf uns beide. »Freund.«

»Oh«, sagte ich, »danke. Vielen Dank!«

Dann gingen wir los, in die Richtung, in die der Laster verschwunden war. Elias zog seinen leeren Koffer hinter sich her. Wir drehten uns noch ein paarmal um und winkten dem Mann, der uns irritiert hinterhersah und mehrmals irgendwas Ungarisches rief, was ich einfach mal als »Viel Glück!« deutete.

# 24

Links und rechts der Straße stand hohes Gras. Wir gingen an zwei verlassenen Bauernhöfen vorbei, dann kamen nur noch Wiesen und Felder. Eine leere Pferdekoppel. Dahinter ein Stall, bei dem alle Fenster eingeschmissen waren. Vor der Tür lehnte ein total verrostetes Mofa, an dessen Lenker ein winziges grünes Plastikskelett baumelte. Über uns kreiste lautlos ein großer Raubvogel. Es war überhaupt verdammt still. Man hörte nur den Wind und die leise quietschenden Rollen von unserem Koffer.

»Wozu schleppen wir dieses Ding eigentlich noch mit uns rum?«, fragte ich.

»Ich konnte ihn ja schlecht im Café stehen lassen«, sagte Elias. Er blieb stehen, öffnete den Koffer und holte die Wasserflasche raus. Die war gar nicht leer, sondern randvoll, aber nicht mit Wasser. »Mein Kofferklo«, sagte er, während er die gelbe Flasche in hohem Bogen in das Maisfeld warf, an dem wir gerade vorbeigingen. »Weg damit.«

Dann machte er den Koffer wieder zu, lief damit ins Maisfeld und verschwand zwischen den raschelnden Stängeln. Nach einer halben Minute kam er ohne Koffer zurück. »Den hol ich auf dem Rückweg wieder ab.«

Nachdem wir eine halbe Stunde auf der schnurgeraden Teerstraße durch Felder und Wiesen gegangen waren, tauchte in der Ferne der Wald auf. Dunkle, hohe Tannen. Ich merkte plötzlich, wie müde ich war.

»Hey«, sagte ich, »bevor wir in dem Wald gegen die Orks kämpfen, würd ich gern noch mal Pause machen.«

»Gute Idee«, sagte Elias. »Da vorne.«

Wir gingen bis zu den ersten Tannen und bogen in einen kleinen Feldweg, der am Waldrand entlangführte. Nach zwanzig Metern setzte ich mich auf einen Baumstumpf. Elias legte sich ins hohe Gras und verschränkte die Arme hinterm Kopf.

»Wer ist diese Ochs?«, fragte er.

»Was? Wen meinst du?«

»Du hast gesagt, dass wir im Wald gegen die Ochs kämpfen.«

»Ach«, sagte ich, »das ist aus ›Herr der Ringe‹, ein Film. Keine Ochs, sondern Orks.«

»Aha. Orks«, sagte er und guckte in den Himmel.

Mir kam es vor, als würde der Wald uns belauschen. Ich drehte mich um und schaute zwischen den dunklen Stämmen hindurch. Irgendwo knackte es leise.

»Was hast du?«, fragte Elias.

»Ich will nicht in diesen Wald«, sagte ich.

In dem Moment hörte man tiefe Motorengeräusche.

Elias drehte sich auf den Bauch und lauschte. Ich duckte mich hinter den Tannenstumpf. Diesmal war es ein nagelneuer, schicker Bus. Voll besetzt. Soweit man das beim Vorbeifahren erkennen konnte, saßen darin vor allem Kinder. Vorne im Gang stand eine der schwarzen Frauen und sagte irgendwas durch ein Mikrofon. Ein Junge, der zum Fenster rausschaute, schien uns gesehen zu haben. Er reckte plötzlich den Kopf, drehte sich dann zu seinem Nachbarn und zeigte mit dem Finger auf uns. Elias duckte sich tiefer ins Gras. Ich schaute zu dem Jungen, der den Kopf zu mir wandte.

Dann war der Bus schon wieder vorbei. Er fuhr in den Wald, bog etwa Hundert Meter weiter links ab und schien langsam in einer Senke zu verschwinden. Wenig später war es wieder still.

»Manchmal muss man sich nur hinsetzen und warten, bis die Antwort kommt«, sagte Elias.

»Ist das ein tschetschenisches Sprichwort?«, fragte ich.

»Ja«, sagte Elias, »gerade für dich erfunden. Jetzt warten wir noch kurz und dann besiegen wir deine Ochsen.«

Elias legte sich wieder in die Wiese, ein Bein über das andere geschlagen, und sang. Der hatte vielleicht Nerven. Ein paar Meter rechts von uns guckte ein Tier hinter einem Gebüsch hervor. So was wie ein Wiesel. Oder ein Marder, ich kann die nicht unterscheiden. Spitze Ohren, runder Kopf. Sehr schlank. Fast wie eine Schlange mit

Fell. Das Lied klang schön und Elias hatte plötzlich eine überraschend tiefe Stimme.

Als er fertig gesungen hatte, sagte er: »Hat mir mein Vater mal beigebracht. Falls du den mal treffen solltest auf einem deiner Traumausflüge, sag ihm, wie sehr ich ihn vermisse. Jeden Tag und jede Nacht.« Dann klopfte er mir auf die Schulter: »Komm, ist schon spät.«

Ich schaute auf die Uhr. Es war halb acht. Bald würde es dunkel werden.

# 25

Wir gingen weiter. Erst unseren Pfad entlang, dann bogen wir nach links ab, auf den Waldweg, auf dem der Bus verschwunden war. Es ging leicht bergab. Sehen konnten wir nicht viel, der Wald war sehr dicht, außerdem schluckten die riesigen Tannen das meiste Sonnenlicht. Über uns war nur ein schmaler Streifen Himmel zu sehen. Als ich nach oben schaute, überkam mich dieses seltsame Gefühl, das einen manchmal im Alltag überfällt. Man sitzt irgendwo am Tisch, jemand sagt was und man denkt: Komisch, das hab ich doch haargenau so schon mal erlebt. Nur ein paar Sekunden lang, dann ist es wieder vorbei.

Genau so war das, als ich jetzt in die Tannen blickte. Komisch, hier war ich doch schon mal. Es war ziemlich beklemmend.

Dann blieb ich stehen. Elias drehte sich nach zwei Schritten zu mir um und runzelte verwundert die Stirn.

»Hörst du das?«, flüsterte ich.

Ein fernes tiefes Brummen.

Elias lauschte. Dann flüsterte er: »Der Laster kommt zurück.«

Ich nickte. Während wir zwischen die Bäume liefen und uns hinter einen vermoosten Felsblock duckten, fiel mir auf, dass wir gerade beide geflüstert hatten. Als hätten wir Angst, dass der Wald uns hören kann.

Der Laster hatte jetzt seine Lichter an und kam den Weg hochgekrochen. Am Steuer saß wieder eine schwarz gekleidete Frau. Da zog Elias mich am Ärmel. »Guck mal, da unten.«

Ich schaute durch die Bäume. Unten im Tal war ein Zaun. Sicher vier Meter hoch. Darauf Rollen von Stacheldraht. Hinter dem Zaun eine weiße Wand. Sie war noch höher als der Zaun.

Geduckt schlichen wir den Hang hinab und gingen hinter einem Baumstamm in Deckung. Wir sahen ja nur diesen Zaun und die Wand dahinter, aber selbst von hier aus war klar, das Ganze musste riesig sein.

Ich sah mich um. Ringsum der dichte Wald und die Hügel. Weit und breit anscheinend kein Mensch.

Als hätte er meine Gedanken erraten, flüsterte Elias: »Das perfekte Versteck.«

»Ja«, sagte ich, »aber für was genau? Und wie kommen wir da jetzt rein? Der Zaun ist zu hoch. Plus Stacheldraht.«

Elias zuckte mit den Schultern. »Na, irgendwo muss ein Eingang sein.«

Wir rannten im Schutz der Tannen am Zaun entlang.

Dabei hatte ich schon wieder dieses Gefühl, ganz kurz, als wär ich hier schon mal langgelaufen.

Nach etwa Hundert Metern sahen wir vor uns ein graues Eingangstor und einen Feldweg. Auf dem musste der Laster eben hochgekeucht sein.

Wir schlichen geduckt näher. Der weiche Boden schluckte das Geräusch unserer Schritte.

In der Nähe des Eingangstors lief ein kleiner Graben entlang. Wir rutschten gerade die Böschung runter, als wieder ein tiefes Brummen zu hören war. Kurz darauf bremste ein Nychtos-Laster vor dem grauen Tor. Die Fahrerin stieg aus und ging mit ein paar Papieren in der Hand zu einer Art Pförtnerhäuschen neben dem Tor. Die kleine graue Tür ging auf und die schwarze Frau verschwand in dem Häuschen. Elias schaute auf seine Uhr. Als wir so im Graben lagen und warteten, wusste ich plötzlich, woher ich den Wald kannte. Das war genau der Wald, durch den Antec immer rannte. In Max' Spiel. Und in seinem Traum.

Die schwarze Frau kam zurück, stieg in ihren Lkw und startete den Motor. Im selben Moment ging das Eingangstor lautlos und automatisch auf und der Laster fuhr hindurch. Elias schaute wieder auf seine Uhr.

»Zwei Minuten«, sagte er. »Wenn das immer so läuft, haben wir beim nächsten Laster genau zwei Minuten.«

Das Tor schloss sich genauso lautlos, wie es aufgegangen war.

Wir setzten uns mit dem Rücken an einen Holzstapel

und warteten wieder. Kurz bevor die Sonne endgültig unterging, schien sie noch mal quer durch den Wald. Das sah richtig schön aus, die goldgesprenkelten Stämme, die Luft, in der ein Mückenschwarm tanzte. Aber als die Sonne kurz darauf hinter dem Hügel verschwand, erloschen die goldenen Flecken ringsum und die Stämme wurden ziemlich schnell schwarz. Die langen Zweige wirkten jetzt wie dunkle Arme, die nach uns greifen wollten. In weiter Ferne war ein leises Kirchturmläuten zu hören.

Genau wie auf dem Zaun war auf dem Tor eine doppelte Stacheldrahtrolle befestigt.

»Wie willst du da reinkommen?«, fragte ich Elias flüsternd.

»Die Tür vom Laster«, sagte er leise. »Hinten. Die müssen wir aufkriegen.«

Ich schluckte, sagte aber nichts.

Dann war wieder ein Brummen zu hören. Der nächste Laster kam. Elias duckte sich tiefer in die Böschung. Ich hielt die Luft an. Sobald die Fahrerin ausgestiegen und in dem Pförtnerhäuschen verschwunden war, zischte Elias: »Los jetzt!« Er sprang auf und rannte los in Richtung Laster. Mir blieb gar nichts anderes übrig, als hinter ihm herzurennen. Elias wollte die große Tür an der Rückseite öffnen, aber wir kamen nicht mal bis zur Klinke hoch. Ich stellte mich mit dem Rücken an den Wagen und verschränkte meine Hände. Elias trat mit dem rechten Fuß darauf und stieg hoch. Ich wackelte.

»Halt still!«, zischte er. Er kam jetzt an die Klinke,

kriegte aber die Tür anscheinend nicht auf. Er rüttelte, ich wackelte, wir schwankten, er sprang runter.

»Abgesperrt.« Dann kniete er sich hin und kroch unter den Laster. Nach zehn Sekunden kam sein Kopf zum Vorschein, er winkte mir wortlos und verschwand wieder. Ich kniete mich hin und guckte unter den Wagen. Am Boden lief an beiden Seiten ein Stahlträger entlang, ein bisschen wie die Ablage im Zug, nur viel schmaler, aber für ein paar Minuten konnte man sich vielleicht da reinzwängen und festhalten.

Elias hatte sich schon hineingepresst. Er lag auf dem Rücken. Um nicht sofort wieder rauszupurzeln, stemmte er die Füße und Hände gegen den Boden der Ladefläche über sich.

»Los, mach schon!«, flüsterte er.

Ich quetschte mich auf der anderen Seite in die Ausbuchtung und zog gerade die Beine vom Boden hoch, als ich Schritte hörte. Die Fahrerin kam zurück. Ich sah sie nur bis zum Knie, sie blieb in ihren schwarzen Stiefeln direkt vorm Laster stehen. Hatte sie uns gehört? Sie bewegte sich nicht. Ich hielt die Luft an. Dann stieg sie ein. Die Tür schlug zu.

Ich lag mit der rechten Körperhälfte auf dem Stahlträger, die andere Hälfte meines Körpers hing in der Luft. Wie Elias drückte ich mit beiden Händen gegen den Boden des Lasters, um mich besser zu verkeilen und nicht seitlich rauszufallen. Als der Motor startete, fing die Karosserie an zu vibrieren. Mein Kopf dröhnte, als würde er

in einer Wachmaschinentrommel stecken. Anscheinend fuhren wir los. Wurde aber auch Zeit. Der Laster rollte durch das Tor. Mein linker Arm, mit dem ich mich gegen eine Stange stemmte, fing an zu zittern. Lange würde ich das nicht aushalten. Der Laster hielt. Die Fahrertür öffnete sich, ich sah wieder die Beine der Fahrerin bis zum Knie und wie sie davongingen. Wir ließen uns zeitgleich aus unserem Versteck auf den Boden rollen.

»Boah«, sagte ich.

»Meine Hand stirbt«, sagte Elias und lockerte die Finger seiner linken Hand, mit der er sich irgendwo festgekrallt hatte.

Wir schauten hinter einem der Hinterreifen hervor.

Der Laster hatte am Rand eines Platzes geparkt. Auf der einen Seite stand eine weiße Halle. Riesig. Ich meine, wirklich riesig. Etwas ähnlich Großes hab ich nur einmal zuvor gesehen, als ich am Münchner Flughafen die Halle besucht habe, in der die Jumbojets geparkt werden. Na ja, und die unterirdische Halle der drei seltsamen Schwestern. Aber das war ja nur im Traum gewesen. Diese Halle hier war echt. Und sie musste nagelneu sein, das Weiß der Wand leuchtete durchs Abenddunkel. Alle paar Meter gab es eine Tür.

Auf der anderen Seite des Platzes stand ein riesiges Ziegelgebäude. Ohne jedes Fenster. Abweisend und dunkel. Vielleicht eine Fabrik? Oder ein ehemaliges Gefängnis? In der Mitte ein scheunengroßes Tor, das verschlossen war.

»Da rein«, sagte Elias und zeigte auf die weiße Halle.

# 26

Wir zogen vorsichtig die Tür auf, schlüpften hinein – und sahen einander verdutzt an. In einem geheimen Versteck tief im Wald rechnet man mit vielem, aber nicht damit: bläuliches Dämmerlicht. Ein Raum voller Matratzen. Dazwischen Sitzsäcke und Sofas, Schaukelstühle und Hängematten. Aber vor allem Matratzen, die kreuz und quer auf dem Boden verteilt waren, so viele, dass sie sich weiter hinten im Dunkel verloren. Darauf lagen, saßen, hockten Hunderte Menschen. Ein paar Erwachsene. Einige Jugendliche. Aber die meisten waren ältere Kinder.

Das Ganze hätte cool wirken können wie ein Partykeller. Aber es war nur unheimlich. Mucksmäuschenstill. Keiner sprach. Keiner schaute uns an oder nahm uns auch nur wahr. Alle starrten auf die leuchtenden Displays ihrer Handys. Und alle hatten einen kleinen Kopfhörer im Ohr. Waren die so müde, wie sie aussahen, oder kam das nur von dem seltsamen aquariumhaften Licht der Handys, die ihre Gesichter von unten bläulich anschienen? Sonst war in der Halle kein Licht an, sodass man nur diese stummen, stumpfen Gesichter sah.

Wir standen mit dem Rücken zur Wand und bewegten uns nicht. Direkt vor mir lagen und saßen vier Mädchen nebeneinander auf einer Matratze. Sie spielten »Das Spiel«. Jede eine andere Version, aber es war immer so ähnlich wie bei Max und Robert. Albtraumhafte Verfolgungsjagden. Mal durch einen Wald, mal auf einem Motorrad, mal durch Abwasserrohre oder tropfende Tunnels. Enge Räume. Schatten. Flehende Blicke. Angst.

Aber die Spieler hier waren völlig anders. Max und Robert waren ja immer völlig begeistert, wenn sie in »Das Spiel« abtauchten. Doch hier spielten alle wie ferngesteuert vor sich hin. Völlig stumm. Bis auf eines der Mädchen vor mir auf der Matratze. Sie murmelte plötzlich mehrmals: »Oh no, oh no.« Als ich auf ihr Handy schaute, konnte ich sehen, wie zwei schwarze Frauen von hinten ihre Spielfigur erschossen, einen Jungen mit kurzen Haaren. Der Junge starrte voller Angst aus dem Handy und schlug dabei mehrmals von innen gegen das Display, als würde er versuchen, aus dem Spiel zu entkommen.

Die Spielerin auf der Matratze hielt geschockt ihre Hand vor den Mund. Dann strich sie ganz zart über das Display, wie um den Jungen hinter der Scheibe zu trösten. Es sah aus, als würden sich ihre Hände berühren. Der Junge öffnete stumm den Mund, als wollte er unbedingt etwas sagen, dann rutschte seine blutverschmierte Hand von innen am Display ab, der Bildschirm wurde rot, alles verschwamm. Der Spielerin kamen die Tränen, als sie leise in ihr Handy sagte: »Version löschen.«

Das Handy wurde kurz schwarz, dann ging es weiter mit einer neuen, anderen Version, in der ein Mädchen in weißem T-Shirt auf einem irre schmalen Hochhausgerüst entlangrannte. Die Spielerin wischte sich mit ihrem Sweatshirt die Tränen ab. Sie hatte gar nicht mitbekommen, dass wir hinter ihr standen.

»Was machen die hier?«, flüsterte Elias.

Im Dunkel war wieder Gemurmel zu hören. Und noch mal. Version löschen. Version löschen …

Ich versuchte zu erkennen, wie groß der Raum war. Da sah ich die Treppe. Ganz hinten. Eine Wendeltreppe. Ganz ähnlich wie die in unserer Schulaula. Ich hatte kaum hingezeigt, da schlängelte sich Elias auch schon an den Matratzen und all den Spielern vorbei. Ich folgte ihm und wir stiegen so leise wie möglich die Metallstufen runter.

Ich weiß noch, dass ich mich wunderte, wie tief es nach unten ging. Die Treppe wand sich immer weiter in den Untergrund, bis Elias so abrupt stehen blieb, dass ich ihm fast auf den Rücken fiel.

Vor uns lag ein großer Raum. Zweihundert Meter lang, mit nichts als weißen Betten. Vier Reihen. Betten, Gang, Betten, Gang, Betten, Gang, Betten. Streng nebeneinander. Die Reihen waren so lang, dass man von hier hinten aus die Betten am anderen Ende der Halle kaum sehen konnte.

In den Betten lagen Leute in ihren ganz normalen Kleidern und schliefen. Die meisten hatten sogar noch ihre Schuhe an. Sie lagen alle auf dem Rücken. Und sie waren alle verkabelt. Eine Art Netz saß auf jedem Kopf, ein Netz aus Kabeln und Drähten, die mit Saugnäpfen an der Schädeldecke befestigt waren. Von jedem schlafenden Kopf lief ein Kabel in den Gang.

Elias zupfte an meiner Jacke und flüsterte: »Wir sind nicht gerade zusammen in irgendeinem fremden Albtraum, oder?«

»Glaub nicht«, flüsterte ich zurück.

Das Ganze sah irre aus. Die vielen Hundert Schläfer, die alle bewegungslos nebeneinanderlagen. Der Kabelwust auf ihren Köpfen. Wie Kraken, die sich an ihren Gehirnen festsaugten. Das Ekligste war, dass durch diese Schläuche milchiges Zeug floss. Als würden die Kabelkraken ihnen das Gehirn leer saugen. Die Kabel liefen in den drei Gängen zu dicken Bündeln zusammen. Diese Bündel verschwanden in riesigen Schränken, die an den Wänden standen und aus denen ein gleichmäßiger dunkler Summton kam. Das milchige Zeug pulste auf dem Weg zu den Schränken sanft vor sich hin.

An der Decke hingen große Ventilatoren, die die stickige Luft, die hier unten herrschte, träge herumwälzten.

»Wo ist Elena?«, fragte Elias.

»Puh«, sagte ich und zeigte vage ins Dunkel, wo diese riesige Menschenmasse schlief. »Hier irgendwo?«

In dem Moment hörten wir Geräusche. Sehr leise erst. Am anderen Ende der Halle.

Schritte.

Sechs der schwarz gekleideten Frauen kamen die Wendeltreppe runter. Wir rannten geduckt durch die Halle und kauerten uns hinter eines der Betten am Ende unserer Reihe. Hier unten im Halbdunkel sah man das grünliche Leuchten ihrer Augen, auch wenn diese Frauen einen gar nicht ansahen.

Sie teilten sich auf, je zwei auf einen Gang, und gingen von Bett zu Bett. Sie nahmen bei jedem der Schlafenden kurz das Kabel in die Hand und hielten es vor ihre Augen. Anscheinend prüften sie, ob alles richtig floss. Manchmal schien irgendwas nicht zu stimmen mit dem Kabel oder dem Zeug darin. Dann tasteten die Frauen mit spinnenlangen Fingern kurz an den Saugnäpfen herum oder rückten die ganze Haube auf dem Kopf zurecht. Noch ein Kontrollblick aufs Kabel, dann gingen sie weiter zum nächsten Bett.

Die Frauen bewegten sich schnell und routiniert, man merkte, dass sie das hier sehr oft machten. Vor allem aber kamen sie immer näher. Noch zehn Betten, dann würden sie uns entdecken. Elias sah mich panisch an. Wo sollten wir hin? Ich zuckte mit den Schultern.

Plötzlich ging an der Wand hinter uns ein rotes Licht an und wieder aus. Ich dachte zuerst, wegen uns. Elias anscheinend auch. Er warf sich flach auf den Boden, als wollte er sich verstecken vor dem Licht. Ich sah zu den

Frauen. Eine von ihnen hielt sich eine Hand ans Ohr und schien zu lauschen. Dann sagte sie zu den anderen: »Ausbruch in Sektor B. Drei junge Männer.«

Alle sechs Frauen ließen wie auf Kommando die Kabel fallen, die sie gerade überprüft hatten, und rannten zurück ans Ende der Halle, die Wendeltreppe hoch.

Wir warteten, bis sie weg waren, dann kamen wir aus unserem Versteck.

»Uff«, sagte Elias. »Jetzt schnell.«

»Okay«, sagte ich. »Du suchst rechts, ich links. Die kommen sicher gleich zurück.«

Ich trat in den linken Gang und ging am Kopfende der Betten entlang. Blasse, ausdruckslose Gesichter. Frauen, Männer, ab und zu ein alter Mensch. Aber vor allem Kinder und Jugendliche, zwischen zehn und achtzehn. Viele sahen sogar noch jünger aus. Oh, hier, das Mädchen. War sie das vielleicht? Ich kannte ja nur ein Foto von Elena. Da hatte sie die Augen geöffnet und lächelte. Und sie trug keinen Kabelhelm. Ich trat neben das Bett, um das Mädchen genauer anzusehen.

Die Augenbrauen, die Nase – die könnte es sein. Ich machte Elias stumm ein Zeichen.

Er kam leise angelaufen, schaute auf das schlafende Gesicht und schüttelte den Kopf. »Nein, meine Schwester sieht anders aus.«

Er wollte schon zurück in seine Reihe laufen, als ihm noch etwas einfiel. »Elena hat einen Leberfleck.«

Er tippte sich mit dem Daumen an die linke Backe,

knapp neben seiner Unterlippe. Dann rannte er los, um in seiner Reihe weiterzusuchen. Wir mussten uns wirklich beeilen, die schwarzen Frauen konnten jeden Moment zurückkommen.

Ich schaute jetzt nur noch auf die Münder der Mädchen. Leberfleck? Nein. Leberfleck? Nein. Leberfleck? Nein. Leberfleck. Ja. Leberfle– Ich war schon vorbei und ging jetzt einen Meter zurück.

Tatsächlich. Direkt neben der Unterlippe.

»Elias!« Ich hatte viel zu laut gerufen.

Er sah mich fragend an. Dann kam er her. Und noch während er lief, konnte ich sehen, dass er sie erkannte.

»Elena«, flüsterte er und beugte sich über sie. Dann lauter: »Elena!«

»Hey«, zischte ich, »sei leise.«

Elias hörte mich gar nicht. Er weinte. Er streichelte das Gesicht seiner schlafenden Schwester. Er nahm ihre Hände. »Elena! Hörst du mich?« Dann sprach er auf Russisch mit ihr. Er schüttelte sie sanft an den Schultern, der Kopf und ihr seltsamer Kabelhelm wackelten hin und her.

»Ich bin mit Leon hier«, sagte er. »Das ist mein bester Freund.« Den Satz hatte er auf Deutsch gesagt, als gelte er eher mir als ihr.

Ich hielt ihn an den Armen fest.

»Der Schlauch«, zischte ich.

Elias sah mich fragend an.

Ich zeigte auf die sanft pulsenden Wolken in Elenas Kabel. »Wenn du sie weckst – was passiert dann?«

Im selben Moment riss Elena beide Augen auf. Ich hielt die Luft an. Ihre großen dunklen Augen starrten bewegungslos an die Hallendecke, an der sich die Ventilatoren drehten. Sah sie uns? Hatte Elias sie aufgeweckt?

»Elena!«, flüsterte er wieder. »Ich bin's, Elias.«

Sie schien ihn nicht zu hören. Sie schien auch nichts zu sehen, ihre Augen wirkten so ausdruckslos wie kalte Murmeln. Ich wedelte mit der Hand vor ihrem Gesicht, aber sie starrte weiter an die Decke. Ich fragte mich kurz, ob sie tot sei, so unnatürlich wirkte ihr Blick. Aber dann …

»Oh nein«, flüsterte Elias und zeigte auf den Schlauch. Mist. Das Zeug darin wurde bräunlich. Wässrig. Es sah nicht mehr nach schwebenden Wolken aus, sondern nach klebrigem Matsch.

Elias stand hilflos da und wusste nicht, was er tun sollte. Ich strich Elena vorsichtig mit zwei Fingern über die Lider, um ihre Augen zu schließen. Tatsächlich, sie schien einzuschlafen – und auch wieder zu träumen. Im Schlauch wurde es neblig und hell. Aber das braune, schleimige Zeug floss nun stetig in Richtung Schrank. Es kroch durch den Gang, in spätestens zwei Minuten würde es dort ankommen.

Elias nahm Elena an den Schultern, um sie wieder zu schütteln. Ich hielt ihn fest.

»Hör auf!«, zischte ich ihn an.

»Warum?« Elias wollte sich losmachen. »Ich muss sie wecken.«

»Nein«, sagte ich. »Wenn das braune Zeug da vorn ankommt, geht bestimmt ein Alarm los.«

Elias überlegte kurz.

»Wir müssen uns verstecken«, zischte ich. »Wenn sie uns finden, ist alles aus.«

»Okay«, sagte Elias. Und dann, zu Elena gewandt: »Wir holen dich, hörst du?«

Ich schob ihn in Richtung Wendeltreppe. »Los, weg hier!«

Er drehte sich noch mal um und rief so laut, dass eigentlich alle Schläfer hier unten es hören mussten: »Wir holen euch hier raus.«

Wir rannten die Treppe hoch und liefen durch das Matratzenlabyrinth, vorbei an all den Testspielern. »Version löschen!«, flüsterte es neben mir. Dann wieder irgendwo »Version löschen«. Klang fast, als sollten wir beide gelöscht werden.

Draußen blickten wir uns um. Auf der anderen Seite des Platzes stand das uralte, fensterlose Ziegelgebäude mit dem scheunengroßen Eingangstor, das schwer und verriegelt aussah. Da konnten wir so schnell nicht rein. Aber ganz hinten am Zaun stand noch ein kleines Backsteinhäuschen. Ich zeigte stumm dorthin, zählte mit den Fingern der rechten Hand bis drei und rannte los. Elias folgte mir.

Als wir an dem kleinen Haus ankamen, wollte ich durch eines der Fenster schauen, konnte aber nichts erkennen.

Ich sah nur in der Spiegelung der Scheibe, wie direkt hinter uns an der Halle ein rotes Licht zu blinken begann. Der Alarm. Wahrscheinlich wegen Elena. Das braune Zeug war mittlerweile bestimmt beim Schrank angekommen.

Neben uns stand eine hölzerne Regentonne, hinter der wir uns ins Gras duckten. Ich lauschte kurz, dann schaute ich vorsichtig über den Rand der Tonne. Zwei schwarze Frauen kamen aus dem mächtigen Ziegelgebäude und liefen zur Halle rüber. Ihre Augen leuchteten im Dunkel der Nacht noch stärker als sonst. Konnten sie etwa ihre Helligkeit verändern? Es sah aus, als ob sie mit ihren Blicken den Pfad vor sich beleuchteten.

Als sie in der Halle verschwunden waren, blinkte die Alarmanlage noch ein paarmal in die Nacht, wie ein rotes Auge, das langsam blinzelt, dann war alles wieder dunkel.

Ab und zu fiel ein Wassertropfen in die vermooste Regentonne, hinter der wir kauerten, ansonsten war es so still, dass ich das Blut in meinen Ohren rauschen hörte. Nein, Moment, da war noch ein Geräusch. Ganz leise. Ein Gemurmel und Geglucker. Hier musste irgendwo Wasser fließen.

Elias bekam davon nichts mit. Er starrte nur zur Halle rüber. Im Dunkel sah ich, wie seine Halsschlagader pochte, wild und schnell.

»Was hast du vor?«, flüsterte ich.

»Na, was wohl? Ich muss Elena da rausholen.«

Zwei schwarze Schatten flatterten lautlos an uns vorbei. Als ich hochsah, musste ich leise stöhnen. Über dem

Gelände flogen sicher dreißig, vierzig Fledermäuse herum. Schwarze Punkte, die hin und her schossen wie Flipperkugeln.

»Und Kratos Spione sind auch da«, murmelte ich.

»Was?«, rief Elias und schaute sich nervös um. »Wer?«

»Die Fledermäuse«, sagte ich. »Alte Bekannte.« Dann sagte ich: »Komm mit. Wir brauchen jetzt dringend ein gutes Versteck.«

Ich ging geduckt zur Tür des alten Häuschens und drückte die verrostete Klinke runter. Die Tür öffnete sich knarzend.

# 27

Wir schlüpften in den Raum. Es war stockdunkel hier drinnen. Und alles war vollgestellt. Ein Tisch. Werkzeug. Große Äxte. Alles durcheinander. Und auf der anderen Seite des Tisches ausrangierte Bürostühle, die mit der Lehne zu uns standen.

»Was ist das?«, fragte Elias, kaum dass er die Tür hinter uns zugemacht hatte.

»Sieht aus wie eine Rumpelkammer«, sagte ich.

»Nein, ich meine die Halle da drüben. Und den Keller. Was machen die mit den Leuten?«

»Unten zapfen sie den Schläfern ihre Träume ab«, flüsterte ich. »Und oben müssen die Leute das Spiel testen. Und alle Versionen aussortieren, die zu brutal sind.«

»Und was hat das eine mit dem anderen zu tun?«

Ich dachte lange nach. Und dann ergab plötzlich alles Sinn.

»Nychtos«, sagte ich. »Die Firma von Max' Vater. Die

saugt den Leuten, die da unten liegen, ihre Träume ab und macht sie zu Geld. Indem sie jedem Spieler da draußen jeden Morgen einen Albtraum als neue Version schickt.«

Elias starrte mich an und schüttelte den Kopf. »Das glaubt uns doch kein Mensch.«

»Wahrscheinlich nicht«, sagte ich. »Aber mit dem Gefühl leb ich schon seit einer ganzen Woche.«

Ich wollte ihm gerade alles erzählen – Morpheus, Krato, die Traumregale –, da drehte sich einer der Bürostühle ruckartig um und ein riesiger Totenschädel grinste uns an.

Wir sprangen beide schreiend zurück in Richtung Tür.

»Oh«, sagte der Schädel ganz sanft. »Hab ich euch erschreckt? Das tut mir aber leid.«

Krato!

Der dürre Mund. Das Knochengesicht, sein eingefrorenes dünnes Lächeln – wie ich diesen Typen hasste! Er legte den Kopf ein wenig schief, als würde er meine Gedanken hören.

»Da seid ihr ja«, sagte er, wieder mit dieser ekelhaft sanften Stimme. »Und beide auf einmal. Wie praktisch.«

Er sah mir direkt in die Augen, so lange, dass ich dabei zuschauen konnte, wie der Teer in seinen riesigen Pupillen langsam und zäh herabtropfte.

Krato beugte sich langsam aus dem Dunkel vor. Wie eine Schlange, dachte ich. Das Dunkel ist seine Höhle und jetzt kommt er raus zu seinem tödlichen Angriff.

»Du kannst mich mal«, sagte ich. »Mich kriegst du nicht!«

Er beugte sich noch weiter vor und flüsterte sanft: »Ich hab dich doch schon längst. Seit ich dich zum ersten Mal gesehen habe, warte ich nur darauf, dass du endlich kommst.«

Während seiner letzten Sätze hatte ich hinter meinem Rücken unauffällig meinen Rucksack geöffnet und darin herumgekramt. Jetzt riss ich die Taschenlampe raus und leuchtete ihm damit voll in die riesigen Pupillen.

Krato erstarrte mit weit aufgerissenen Augen. Der Teer schien sich auszubreiten. Es sah aus, als würden seine Augen von innen heraus schmelzen.

»Raus hier!«, schrie ich Elias zu.

Wir rannten aus der Hütte und knallten die Tür hinter uns zu.

»Da lang!«, rief ich und lief am Zaun entlang in Richtung des grauen Tores, durch das wir vorhin unter dem Laster reingekommen waren. Ich überlegte fieberhaft, wie wir über das Tor kommen sollten, als daneben eine kleine Pforte aufging. Wir pressten uns an den Zaun und rührten uns nicht. Sechs schwarze Frauen kamen durch die Pforte. Zwischen sich drei junge Männer, die alle zu Boden blickten. Das mussten die drei Träumer sein, die versucht hatten zu fliehen. Weit waren sie anscheinend nicht gekommen. Sie trotteten willenlos mit den schwarzen Frauen mit.

Wir atmeten kaum. Wahrscheinlich hätten uns die schwarzen Frauen gar nicht bemerkt. Aber dann schrie Krato hinter uns in der Hütte. Alle sechs Frauen erstarrten, lauschten und scannten dann mit ihren grünlichen Leuchtstrahlern die Umgebung.

»Weg hier!«, zischte Elias.

Wir drehten um und rannten an der Hütte und Kratos zornigen Schreien vorbei. Zwischen dem riesigen Ziegelgebäude und dem Zaun führte ein schmaler Pfad ins Dunkel. Wir rannten durch hohes Gras, das unsere Beine peitschte.

Vor uns am Zaun lag ein tiefer Graben, in dem es leise plätscherte. Die Luft, die von dort zu uns rüberwehte, roch seltsam – süßlich, bitter, herzhaft, alles zugleich. Mir wurde schwindelig, ich weiß nicht, ob vom schnellen Rennen oder von diesem intensiven Geruch.

Hinter dem Ziegelgebäude standen hohe Tannen. Wir rannten in die Dunkelheit zwischen den Stämmen. Ich hatte gehofft, dass es ein dichter Wald ist, in dem wir uns wenigstens kurz verstecken könnten. Aber die Bäume hörten schon nach wenigen Metern wieder auf und gaben den Blick auf eine riesige, gerodete Fläche frei. Vor uns lagen mehrere tiefe Baugruben. Und am Rand des Geländes waren schon drei weitere weiße Hallen fertig. Krato schien gigantische Pläne zu haben.

Ich machte Elias gerade ein Zeichen, dass wir zu den Baugruben weiterrennen sollten, da gingen rings um uns die Lichter an. Oder die Augen auf. Zehn, zwanzig, dreißig schwarze Frauen schälten sich aus dem Dunkel der Nacht und blickten uns an. Sie bildeten einen Kreis um uns herum. Wo wir auch hinsahen, wir wurden von diesen unbeweglichen grünen Augen angestarrt. Die Frauen kamen stetig näher, sodass sich der Kreis um uns immer enger zusammenzog. Und dann tauchte er auf. Hinter ihnen. Als käme er aus den Tiefen der Baugrube geschwebt – Krato. Keine Ahnung, wie er das so schnell hinbekommen hatte.

Er war noch größer und dünner als in meinen Träumen. Und er trug diesen eng anliegenden schwarzen Anzug und darüber einen dünnen Umhang, der leicht im Wind flatterte. Jetzt hatte er wieder eine Sonnenbrille auf.

Die schwarzen Frauen öffneten den Kreis und er kam langsam auf uns zu. Dabei sah er uns wie versteinert an und mahlte so stark mit den Kiefern, dass seine Schläfen pochten. Unter beiden Brillengläsern lief glitzernd schwarze Flüssigkeit herab. Als würde er Teer weinen. Eine der Frauen reichte ihm ein schwarzes Tuch, mit dem er sich die glänzende Schmiere abwischte. Dann wandte er sich an uns. Er klang jetzt hart und kalt.

»Genug rumspioniert.«

Er reichte der schwarzen Frau neben sich das schwarze Tuch und fragte sie: »Alles vorbereitet für die beiden?«

Sie nickte, ohne ihn anzusehen.

In der Zwischenzeit hatten sich jeweils zwei der schwarzen Frauen neben uns aufgestellt und packten unsere Arme und Schultern. Ich versuchte mich loszureißen, aber keine Chance. Die beiden Frauen hielten mich so starr fest, als würde ich in einem Stahlgerüst stecken.

Elias schrie: »Lasst mich los! Ich will zu meiner Schwester.«

Krato sah ihn verächtlich an. »Keine Sorge. Zu der kommst du jetzt sowieso.«

Er schnippte mit den Fingern und ging in die Richtung, aus der wir gekommen waren. Auf sein Schnippen hin setzten sich die schwarzen Frauen in Bewegung und zerrten uns mit. Durch das Wäldchen. Am düsteren Ziegelgebäude vorbei. An der weißen Halle entlang. Als wir gerade an ihrem Ende angelangt waren, bogen plötzlich zwei Polizisten um die Ecke. Wir wären beinahe mit ihnen zusammengestoßen. Alle blieben abrupt stehen. Zwischen den Polizisten war ein alter Mann.

»Kartoffel!«, rief ich.

Es war der Café-Besitzer.

»Endlich!«, murmelte Elias.

Genau das hatte ich auch gedacht. Endlich hat der ganze Spuk ein Ende! Der Alte ist mit den Polizisten gekommen, um Krato festzunehmen.

Der kleinere Polizist runzelte die Stirn, als er uns sah, und ich rief: »Helfen Sie uns!«

Aber dann legten beide Polizisten nur die eine Hand an den Schirm ihrer Mütze und schlugen die Hacken zusammen, wie man als Soldat einen Chef begrüßt. Jetzt erst sah ich, dass der Café-Besitzer Handschellen trug. Der größere der beiden Polizisten sagte leise etwas zu Krato und nickte dabei in Richtung des alten Mannes. Der wurde im selben Moment wahnsinnig wütend. Er wollte sich aus dem Griff der Polizisten befreien, aber die beiden hielten ihn nur umso fester.

Krato holte ein dickes Geldbündel aus der Hosentasche, gab beiden Polizisten mehrere Scheine und machte dann eine arrogante Handbewegung. Als würde er sagen, schafft mir dieses Insekt vom Hals.

Ich konnte es nicht fassen. Die Polizei arbeitet mit einem Verbrecher zusammen. So was gab's doch nur in schlechten Filmen.

Die Polizisten schleiften den Alten in Richtung des Halleneingangs, durch den wir vorhin geschlüpft waren. Die zwei Frauen, die Elias führten, gingen mit ihm hinterher. Elias tobte und wollte sich losreißen, aber er hatte keine Chance. Als die schwarzen Frauen mit ihm in der Matratzenhalle verschwanden, sah ich kurz das Meer der Testspieler, blau beleuchtet. Keiner von ihnen schaute auch nur auf, als der wild schimpfende Kartoffel, der ähnlich laute Elias, die Polizisten und die schwarzen Frauen hereinkamen.

# 28

Krato nahm die Sonnenbrille ab und rieb sich vorsichtig über beide Augen. Die schwarze Tränenflüssigkeit schien wieder versiegt zu sein. Er seufzte leise: »Meine Güte, was für eine turbulente Nacht. Aber immerhin – meine Boten kann ich jetzt endlich wieder einsammeln.«

Mit diesen Worten breitete er die Arme aus und sein dünner Umhang hob sich, als würde er zwei riesige schwarze Flügel lüften. Er stand in der Mitte des Platzes wie ein Dirigent oder General, unbeweglich und mit wehendem Mantel. Im selben Moment kamen von überallher die Fledermäuse geflogen. Kurz umflatterten sie ihn wie eine dunkle Wolke, dann waren sie auch schon lautlos unter seinem Umhang verschwunden.

Krato ließ die Arme wieder sinken und gab den beiden schwarzen Frauen ein Zeichen, mich loszulassen. Sie streiften mir den Rucksack ab und blieben dann stehen. Krato drehte sich um und ging voran, auf das Ziegel-

gebäude zu, dessen Eingangstor sich geräuschlos öffnete.

»Nun komm schon«, sagte er. »Wir haben viel zu besprechen, bevor du für mich schlafen gehst.«

Hinter dem Tor lag eine riesige Fabrikhalle. Darin saßen die schwarzen Frauen. Hunderte von ihnen. In langen Reihen. Erst dachte ich, die lesen alle. Oder sie beten. Sie saßen auf langen Bänken. Vornübergebeugt. Stumm. Die Arme angewinkelt.

Erst als wir die Halle betreten hatten, sah ich, dass sie alle an Fließbändern arbeiteten, die sich lautlos bewegten. Ihre Haare waren streng nach hinten gekämmt. Schwarze Stoffhandschuhe. Schwarzer Mundschutz vorm Gesicht. In der rechten Hand eine Pinzette. Sie arbeiteten so gleichmäßig, dass ich mich fragte, ob sie in Wirklichkeit alle Roboter waren. Die einzige Lichtquelle in dieser Halle war das grüne Leuchten ihrer Augen.

Krato stieg mit mir eine Treppe empor, die in der Mitte des Raumes nach oben führte. Von dort oben konnte ich besser erkennen, was all diese Frauen machten: Auf den Bändern kamen Handys an ihnen vorbei. Handys aller Art – alte, neue, iPhones, Samsung, die meisten Marken kannte ich gar nicht.

Jede der Frauen hatte neben sich ein schwarzes Tuch liegen und senkte ihre Pinzette immer wieder vorsichtig in das Tuch hinein. Dann bewegten sie sie noch behutsamer zu dem Handy vor ihnen und berührten es ganz leicht. In diesem Moment höchster Konzentration leuchteten ihre Augen stärker als sonst. Am Ende legten sie die Pinzette kurz beiseite und strichen mit ihren Handschuhfingern links und rechts am Rand des Gehäuses entlang.

Es sah nach einem total sinnlosen Schattenspiel aus, aber ich wusste, was sie machten: Sie setzten hier die Gläser ein. All die Gläser, die Krato in Morpheus' Keller geklaut hatte. Die Gläser, die er wahrscheinlich irgendwo einschmelzen und zu superdünnen Displays verarbeiten ließ. Die Gläser, die dafür sorgten, dass »Das Spiel« am Ende so traumhaft echt wirkte. Man brauchte dafür keine neuen Geräte. Man brauchte nur das Glas der Traumgläser.

Als hätte er meine Gedanken erraten, sagte Krato: »Mein Spiel kann man auch mit dem ältesten Schrotthandy spielen. Ich muss es nur neu verglasen. So kann es sich jeder leisten. Das Spiel für die ganze Menschheit!«

Wir waren jetzt am Ende der Treppe angelangt. Krato öffnete eine Tür und betrat mit mir eine Art Büroraum. In der Mitte ein schwarzer Schreibtisch. An den Wänden ein paar Bildschirme. Sonst war hier nichts. Krato nahm seinen Umhang ab und hängte ihn an einen Garderobenständer. Der Stoff bewegte sich leicht.

»Scht«, machte Krato, ganz sanft, wie bei einem kleinen Kind, das man zum Einschlafen bringen will. Als es endlich still unter seinem Umhang war, wandte er sich mir zu.

»Nicht schlecht, das mit der Taschenlampe«, sagte er

und wischte sich mit einem seidenen Tuch vorsichtig eine schwarze Träne aus seinem rechten Auge. »Und wie ihr hier rein seid vorhin, das mit dem Laster, das habt ihr auch ganz geschickt gemacht.«

Die Wände des Büros waren aus Glas. Durch drei davon konnte man auf die Halle mit den Fließbändern schauen. Die Rückwand aber zeigte auf eine dahinterliegende Halle.

Krato trat an dieses Fenster und gab mir ein Zeichen, zu ihm zu kommen. Der Raum unter uns sah wie ein cooles Café aus und gleichzeitig wie ein Klassenzimmer. Stühle und Bänke, dazwischen Sitzsäcke und Hängematten.

Krato legte die Hände hinter dem Rücken zusammen und blickte auf all die Leute dort unten. Er drehte sich zu mir um und sagte: »Kommt dir das bekannt vor?«

»Wieso?«, fragte ich.

Er lachte leise. »Ich hab mich in letzter Zeit ja ein wenig … umgeschaut bei meinem Bruder und meiner Schwester. Da hab ich auch gesehen, wie Morpheus den Schulraum für dich umgebaut hat. Gefiel mir. Hab ich gleich nachgemacht. Alles nagelneu, vor drei Tagen erst geliefert.«

Dabei zeigte er auf die Sitzsäcke, Hängematten und Matratzen. »Vorher war das alles …« Er suchte nach einem passenden Ausdruck. »… strenger. Aber es soll meinen lieben Träumern ja an nichts fehlen. Jedenfalls solange sie noch frisch sind und Kraft haben.«

Er lächelte dieses fiese, fadendünne Lächeln, bei dem

ich immer das Gefühl hatte, dass eine eiskalte Hand tief in meinen Bauch fasste. Während ich neben ihm stand und er mich so anstarrte, bemerkte ich zum ersten Mal seine Ähnlichkeit mit Morpheus. Dasselbe Rieseln in den Augen. Bloß dass es bei Morpheus weich aussah, wie warmer, heller Sand, der dauernd durch die Iris läuft. Kratos glühend schwarzen Teerblick hielt ich nur wenige Sekunden aus. Es war, als würde einen der lächelnde Tod anstarren. Ich wandte den Blick ab und schaute wieder auf den Raum unter uns.

In einigen Bänken saßen Jugendliche und schrieben irgendwas auf ein Blatt. Daneben stand jeweils eine der schwarzen Frauen. Sobald die Leute fertig geschrieben hatten, reichten ihnen die Frauen Briefmarken und Umschläge.

Krato sagte: »Ich hab ein paar Monate rumexperimentiert. Am besten funktioniert mein System mit zehn Stunden Schlaf, fünf Stunden Löschen und neun Stunden dem da.«

Es klang verächtlich, wie er das sagte und dabei auf die Halle unter uns zeigte.

»Was meinen Sie damit?«, fragte ich.

»Zeit vertrödeln, rumsitzen, reden. Und alle zwei Wochen Briefe an die lieben Verwandten schreiben: ›Es geht mir gut, macht euch keine Sorgen, ich komm bald wieder, viele Grüße.‹«

Von dort unten aus hatte Elena also das Freundschaftsbuch an Elias geschickt.

»Okay«, sagte ich. »Ich weiß, wo Sie die Traumgläser für Ihre Handys herhaben. Ich weiß, dass Sie die Träume klauen, ich weiß …«

»Na, na, na«, unterbrach mich Krato. »Wer wird denn hier von klauen sprechen? Ich rette die Träume, indem ich sie abzapfe. Die Menschen vergessen sie, wenn sie aufwachen. Ich verwandle all diesen nutzlosen Traumplunder in das beste Spiel, das es je gab.«

»Und dann?«

»Wenn die Leute leer geträumt sind, können sie wieder gehen.«

»Leer geträumt?«

»Die Traumkraft lässt durch das Abzapfen nach. Dann schick ich sie weg und hol mir neue. Die ersten werden heute Nacht wieder heimgebracht.«

Er nickte in Richtung eines schmalen Zimmers, das ich da unten bisher übersehen hatte. Es war abgetrennt von dem Klassenzimmer-Café. Ein kahler Raum, an den Wänden nur Holzbänke, auf denen Leute saßen und stumm vor sich hin stierten. Als würden sie in einen dunklen Tunnel schauen. Als wären sie zu Tode erschöpft. Strähniges Haar. Eingefallene Wangen. Einer von ihnen starrte zu uns hoch. Mit völlig leerem Blick. Als ob niemand mehr aus diesen Augen rausschauen würde.

»Die da unten in den grauen Sweatshirts?«, fragte ich. »Die sehen aus wie Zombies.«

Krato lachte leise. »Stimmt. Daran muss ich noch arbeiten. Damit es draußen nicht so auffällt.«

»Können die überhaupt noch reden?«, fragte ich.

»Jetzt hör schon auf mit deinem Gequengel«, sagte Krato, während er zurück in Richtung seines Schreibtischs ging. »Sie sind fürs Erste gelöscht. Irgendwann werden sie sich schon erholen. Nur dass ihr Leben dann etwas blasser wirkt.«

»Gelöscht?«, fragte ich. »Was wird da gelöscht?«

»Alle Erinnerungen«, sagte Krato. »Fehlt ja grad noch, dass sie der Polizei erzählen, wo sie waren.«

»Aber warum machen Sie das alles?«, fragte ich.

»Die Frage ist, warum ich das nicht schon viel früher gemacht habe«, sagte er und setzte sich. »Ich war immer nur Morpheus' kleiner Bruder. Ombra vergöttert ihn. Immer hieß es bloß, Morpheus hat das gesagt, Morpheus möchte dies. Er war der Herr der Träume, ich war der Hausmeister, der nur aufräumt. Tausende von Jahren. Gemeinsam mit den uralten, geschwätzigen Schwestern in unseren endlosen Kellerlagern. Die drei alten Weiber haben sich in all der Zeit kein einziges Mal gewaschen.«

Er schüttelte sich vor Ekel und entfernte einen winzigen Fussel von seinem schwarzen Anzug. »Nacht für Nacht die Gläser mit all euren Träumen sortieren. Das geheime Gedächtnis der Menschheit, von dem die Menschheit gar nichts weiß.« Er sagte das voller spöttischer Verachtung, als würde er Morpheus zitieren. Dann fuhr er in seinem eigenen, zornigen Ton fort: »Aber wozu? Nachts seid ihr so klug, nachts erschafft jeder von euch nie dagewesene eigene Welten, nachts habt ihr unendlich viel

Fantasie. Und morgens, wenn ihr aufwacht, vergesst ihr das alles und schlüpft in euer langweiliges, dummes, rechthaberisches Leben. Ihr Menschen seid eure eigenen Träume nicht wert.«

Er sprach noch leiser als vorher.

»Und nachdem ihr euch all die Jahrhunderte nicht um eure Träume gekümmert habt, ich aber schon, hab ich jetzt auch das Recht, damit Geld zu verdienen. Ein Spiel daraus zu machen, ein Spiel für alle. Ein Spiel, das nie mehr aufhört. Das stärker ist als euer Leben.«

»Okay«, sagte ich. »Aber warum verwenden Sie nur Albträume? Warum füttern Sie das Spiel nur mit Ängsten und Verfolgungsjagden? Sie haben doch selbst hinter ihrer dunklen Tür Glücksträume gesammelt.«

Krato wischte etwas Staub von der Lehne seines Stuhls und sagte: »Eure Glücksträume sind mein Lockmittel. Eure Angst ist mein Geschäft.«

»Wie meinen Sie das?«

»Seit ich angefangen habe, die Regale zu plündern, kann ich jedem seinen persönlichen Glückstraum aufs Handy schicken und ihm sagen, dass er ihn hier finden wird. Du hast ja gestern in der Firma von Max' Vater gesehen, wie all die Erwachsenen dort reagiert haben. Das ist besser als jede Droge. Die kommen seit den Plünderungen in Heerscharen hierher, alle wie unter Hypnose.«

Er lachte leise und fuhr dann wieder ernst fort: »Diese Glücksmomente gibt's außerdem als Bonusmaterial in meinem Spiel. Alle zehn Level kriegt jeder Spieler seinen persönlichen Glückstraum. Aber Angst und Schrecken verkaufen sich viel besser als Glück und Zufriedenheit. Deshalb brauch ich für das Spiel die tiefsten, dunkelsten Ängste meiner Schläfer. Und dafür sorgen meine Schlangen.«

Er sah mir in die Augen, so lange, dass ich sehen konnte, wie der Teer in seinen riesigen Pupillen wieder langsam tropfte.

In diesem Moment öffnete sich die Tür des Büros. Eine der schwarzen Frauen trat ein. Sie trug ein silbernes Tablett, auf dem eine einzelne Dose stand. Wie ein wertvoller Pokal. Sie stellte die Dose vor mir auf den Schreibtisch.

Auf der Dose stand »Schwarze Mamba«. Darunter war eine glänzende Schlange abgebildet, die sich aufrichtete. Als ich danach greifen wollte, sah ich, dass sich die Schlange tatsächlich aufrichtete. Das Bild auf der Dose bewegte sich, der Kopf und der Hals der Schlange tänzelten über dem knotigen Körper hin und her, während mich ihre Augen fixierten.

Krato lachte wieder leise. »Gut, oder? Hab lange damit rumprobiert, aber erst seit ich Morpheus' Lethe in den Bach draußen geleitet habe, ist es perfekt. Ab nächste Woche verkauf ich es, natürlich stark verdünnt, das wird dann gleich die nächste Sensation aus dem Hause Nychtos. Kriegt man aber nur, wenn man ›Das Spiel‹ schon hat.«

Ich ekelte mich davor, die Dose anzufassen, die Schlange sah einfach verdammt echt aus.

Krato fixierte mich und sagte ganz leise: »Trink. Das. Aus.«

Ich umfasste die Dose und spürte, wie die gemalte Schlange langsam unter meinem Daumen hochkroch. Ich setzte an und begann zu trinken. Das Zeug lief kühl die Kehle runter. Ich tat so, als würde ich viel trinken, nahm aber nur zwei Schluck und stellte die Dose dann zurück. Es schmeckte salzig, bitter, fruchtig, alles auf einmal.

»Willst du mich auf den Arm nehmen?«, fragte Krato lächelnd. »Das wird dir nicht gelingen.«

Er zeigte auf die schwarze Mamba auf der Dose, die jetzt ganz aufgerichtet war und mit dem Oberkörper angriffslustig hin und her tanzte.

»Die schläft erst ein, wenn du ausgetrunken hast«, sagte Krato.

Ich setzte wieder an. Obwohl es mich so ekelte, dass ich fast würgen musste, trank ich die Dose jetzt in einem Zug leer. Sofort rollte sich die Schlange am unteren Ende der Dose zusammen und rührte sich nicht mehr.

»Macht wunderbar schläfrig«, sagte Krato, »wirst du gleich merken. Das, was Elena in ihrem Freundschaftsbuch mal schwarze Suppe nannte. Das gibt's hier vor jeder Runde Schlaf ganz umsonst.«

»Oh«, sagte ich, »das mit dem Freundschaftsbuch, die geheime Botschaft, das haben Sie gewusst?«

Krato lachte. »Meinst du, die kann hier ihr riesiges Buch rausschmuggeln, ohne dass ich es merke? Aber was Besseres konnte mir ja nicht passieren. Ich musste danach nur noch warten, bis Elias dich hierherlotst.« Er breitete die Arme aus und sagte mit zuckersüßem Lächeln: »Morpheus' begabter Traumspringer. Es ist seit Tagen alles vorbereitet für dich.«

Plötzlich wurde mein Körper schwer wie ein Sack. Ich schwankte und musste mich am Garderobenständer festhalten. Einige Fledermäuse flatterten aus Kratos Mantel heraus und flogen in nervösem Zickzack an der Decke des Büros entlang.

»Ja«, sagte Krato, »es ist dann wohl Zeit. Bevor ich dich lösche, träumst du mir jetzt noch ein paar hübsche Extraversionen. Bonusmaterial für all meine Spieler. Dein letzter großer Traum.«

Mein Herz schlug mir bis zum Hals. Ich hatte auf der Fahrt im Zug einen Plan entworfen für den Fall, dass ich Krato tatsächlich hier finde. Mit seinem letzten Satz bot er mir genau die eine winzige Chance, auf die ich gehofft hatte.

»Okay«, sagte ich. »Mach ich, aber nur unter einer Bedingung: Sie lassen Elias laufen.«

»Leider zu spät«, sagte er. »Der träumt bereits mit seiner Schwester eine Geschwisterversion. Die verkauf ich morgen im Doppelpack. Schau!«

Er schnippte mit den Fingern und auf zwei Bildschirmen hinter ihm fingen gleichzeitig zwei Filme an. Auf beiden sah man einen engen Gang in einem Zug. Einmal war es Elena, die panisch auf der Flucht war, und auf dem anderen rannte Elias denselben dunklen Gang runter und drehte sich nach seinen Verfolgern um. Beide hatten Todes-

angst im Blick. Und sie riefen einander quer über die beiden Bildschirme zu:

»Elena!«

»Ja, ich bin hier. Sie kommen.«

»Pass auf!«, schrie Elias.

Im selben Moment hörte man einen Schuss und Elena fiel, während sich ihr Rücken rot färbte.

Krato schaltete beide Bildschirme aus.

»Das ging viel zu schnell«, sagte er mürrisch. »So macht es keinen Spaß. Das müssen wir löschen und beide noch mal träumen lassen. Nichts als Arbeit. Na komm«, sagte er, wieder zu mir gewandt, »du musst jetzt schlafen gehen. Kinder gehören um diese Zeit wirklich ins Bett.«

Da ging die Tür auf und zwei schwarze Frauen kamen mit einer Bahre herein.

# 29

Krato drückte auf einen Knopf. Aus dem Boden kam ein Aufzug gefahren, dessen Tür lautlos aufging. Krato zeigte darauf wie ein höflicher Gastgeber.

»Bitte, nach dir!«

Ich überlegte kurz, ob ich nicht doch wegrennen sollte, aber Krato schüttelte nur sanft den Kopf.

»Sei nicht kindisch.«

Wir stiegen ein. Ich sah inzwischen alles nur noch wie durch einen dicken Schleier. Aber das eine hab ich trotzdem deutlich gesehen. Die Seitenwände des Aufzugs waren verspiegelt. Krato war nicht darin zu sehen. Ich, die Frauen – wir alle spiegelten uns mehrfach, genau wie die Bahre. Aber dort, wo Krato stand, war der Spiegel leer. Ich sah zwischen ihm und dem leeren Spiegel hin und her. Er lächelte, ohne mich anzusehen.

»Möglichst wenige Spuren hinterlassen«, sagte er, »selbst in euren Spiegeln nicht.«

Wir fuhren lautlos nach unten. Als sich die Aufzugtür öffnete, warteten unten zwei weitere Frauen auf uns. Die eine trug einen Porzellankrug mit einer Flüssigkeit darin, die andere hatte eine Spritze dabei. Wir gingen einen langen dunklen Gang entlang, durch eine schwarze Tür in die Halle mit den Schläfern.

Krato zeigte auf das erste Bett, in dem ein Junge mit roten Haaren lag. Die schwarzen Frauen traten mit der Bahre an das Bett heran. Sie nahmen dem Jungen die Kabel ab, die an seinem Kopf befestigt waren, plopp, plopp, plopp. Dann betteten sie ihn auf die Bahre und stellten sie am Rand der Halle auf den Boden. Der schlafende Junge schien nichts davon mitbekommen zu haben, er schlief reglos weiter. Eine der Frauen hielt jetzt die Spritze in den Porzellankrug und zog sie auf. Dann spritzte sie das wässrige Zeug in den Traumschlauch des Jungen.

»Was ist das?«, fragte ich. Meine Zunge war mittlerweile so schwer, dass ich fast lallte.

»Nur einmal durchspülen«, sagte Krato. »Ich will doch nicht, dass sich der Eins-a-Bonus-Traum eines Traumspringers mit dem gewöhnlichen Traumzeug der anderen durchmischt. So, und jetzt leg dich hin.«

Er klopfte mit seiner knochigen Hand zweimal auf das Holzbett. Als ich auf dem harten Brett lag, war ich fast erleichtert. Endlich liegen. Mein Kopf fühlte sich so schwer wie eine Steinkugel an. Krato drückte meinen Oberkörper auf das Brett. Ich bekam noch mit, wie die Frauen meinen

Kopf verkabelten und wie Krato mir zuwinkte wie einem kleinen Kind.

»Schlaf gut. Enttäusch mich nicht, ich brauch einen Premium-Traum. Den kriegen dann morgen meine Spitzenspieler.«

»Keine Sorge«, murmelte ich, »das wird der Traum der Träume.«

Dann fühlte es sich an, als würde ich hintenüberkippen, eine Klippe runter. Ich dachte noch: »Morpheus«, und dann fiel und fiel ich, durch tiefstes Schwarz, bis ich irgendwo sehr hart aufkam. Ich stöhnte.

»Leon!« Eine Stimme wie von sehr weit weg.

»Lamischlafen«, lallte ich.

»Leon!« Ich wurde an der Schulter geschüttelt.

Morpheus. Das war Morpheus' sanfte Stimme. Und seine warme Hand. Ich öffnete die Augen.

Ein Pult. Die Tafel. Ich hatte es tatsächlich geschafft. Das Klassenzimmer. Morpheus kniete neben mir. Ich versuchte mich aufzurichten, aber meine Beine waren wie aus Gummi.

»Pass auf mit deinen Händen«, sagte Morpheus.

Am Boden lagen Scherben. Ich spürte eine Hand an meiner Wange. Ombra. Sie kniete auf der anderen Seite.

»Komm«, sagte sie leise, aber drängend, »komm, du musst versuchen aufzustehen.«

Ich war immer noch völlig benommen.

»Ich weiß«, murmelte ich. »Ich hab nur … zu viel Lethe.«

Die beiden fassten mich vorsichtig unter den Achseln

und halfen mir so weit hoch, dass ich sitzen konnte. Ich legte den Kopf in den Nacken und atmete tief ein. Als ich mich umsah, erkannte ich, dass jemand im Klassenzimmer die Lampen von der Decke gerissen und die Sitzsäcke aufgeschlitzt hatte. Einige Fenster waren zerbrochen. Der Nachtwind kam von draußen rein. Ich schaute vor zur Tafel. Jemand hatte mit einem dicken Pinsel in teerschwarzer Farbe daraufgeschmiert: »AUSGE(T)RÄUMT!«

Ich sagte: »Ganz schön ramponiert alles.«

»Ja«, sagte Ombra. »Krato hat hier vorhin gewütet. Er scheint siegessicher zu sein. Aber das ist jetzt egal. Wo kommst du her?«

»Von ziemlich weit weg«, sagte ich. »Ungarn.«

»Hat es geklappt?«, fragte Morpheus, der mich mit beiden Händen an den Schultern hielt. »Habt ihr ihn gefunden?«

»Ja«, sagte ich. »Und ich brauch dein Armband.«

Morpheus erschrak. Er fasste sich an sein verdrehtes Lederarmband, als wolle er es schützen.

»Nein«, sagte er. »Auf keinen Fall.«

»Gib es mir«, sagte ich. »Nur kurz.«

»Leon«, sagte er, »das ist zu gefährlich.«

Ich sah ihn ruhig an und erwiderte dann: »Du hast mich in deine Welt geholt. Die geht gerade unter. Gib mir dein Armband. Das ist unsere einzige Chance.«

Morpheus zögerte.

Ombra flüsterte: »Gib es ihm. Er weiß, was er tut.«

Morpheus nahm sein Armband ab und band es mir um. Es fühlte sich gut an, altes, trockenes Leder, in sich verdreht. Ich schob es langsam um mein Handgelenk und las: »... es war einmal eine geschichte, die mit dem satz anfing: es war einmal eine geschichte, die mit dem satz endete: es war einmal eine geschichte ...«

Morpheus sah mich so liebevoll an wie ein Vater. »Gut«, sagte er. Der Sand in seinen Augen rieselte schneller als sonst. »Ich wünschte, wir hätten mehr Zeit gehabt. Nur du kannst uns noch retten.«

Hinter der Tür des Klassenzimmers hörte ich ein leises Summen. Die Tür schien näher zu kommen. Der ganze Raum fing an sich zu drehen. Mir wurde so schwindelig, dass ich die Augen schließen musste. Als ich sie wieder öffnete, kauerte ich in der riesigen Schlafhalle. Das Summen, das ich gerade von ferne gehört hatte, kam von den großen Deckenventilatoren. Oder aus den Schränken, in die alle Träume flossen.

Ich saß geduckt hinter einem der Betten. Als ich vorsichtig um die Ecke lugte, sah ich ganz hinten, am Ende der Halle, Krato. Hinter ihm standen seine Assistentinnen. Eine von ihnen hielt die leere Spritze und den Porzellankrug in den Händen, eine andere kontrollierte die Kabel an meinem Kopf. Alle schauten mir anscheinend beim Schlafen zu. Als ich meinen Kopf hinter dem Bettgestell etwas höher reckte, um zu sehen, ob dahinten auch wirklich ich lag, wischte mir plötzlich etwas über die Stirn. Zuerst dachte ich, dass das eine der Fledermäuse war. Aber es war keine zu sehen. Als ich wieder auf mein Bett schaute, sah ich, dass eine der

Frauen meinem schlafenden Gesicht die Haare aus der Stirn strich. Oh Mann, war das verrückt, ich konnte hier hinten im Traum spüren, wie sie mich am anderen Ende der Halle in echt berührte.

Krato betrachtete den Schlauch, der von meinem Kopf wegführte, und schien sehr zufrieden zu sein. Er hielt ihn ganz nah vor seine Augen, murmelte dabei ein paar Worte und zeigte dann seinen Assistentinnen etwas. Konnten sie in der milchigen Wolke etwas erkennen? Konnten sie meinen Traum sehen? Dann müssten sie mich ja gleich entdecken.

Tatsächlich, die schwarzen Frauen schauten mit ihren grünlichen Suchstrahlern in meine Richtung. Ich zog den Kopf zurück. Dann hörte ich wieder Kratos leises Murmeln. Uff. Sie schienen nichts bemerkt zu haben. Sie sahen noch einmal nach dem Schlauch, legten ihn dann vorsichtig zu Boden und verließen die Halle. Die Tür fiel lautlos ins Schloss.

Jetzt oder nie.

Ich holte tief Luft und lief dann geduckt durch die Reihen der Träumer. Fast wäre ich über einen der vielen Schläuche gestolpert. Bis ganz nach hinten. Tatsächlich. Da lag ich. Und ein par Betten weiter lagen Elias und Elena. Mann, sah ich blass und fertig aus. Ich hatte eingefallene Wangen, trockene Lippen und dunkle Ringe unter den Augen. Ich hatte Angst, mich selbst zu berühren. Also, mein schlafendes Ich. Welcher war ich jetzt? Der auf dem Bett? Oder ich als Träumer?

Ich spürte meinen Herzschlag und sah, wie bei meinem schlafenden Körper unter dem T-Shirt meine Halsschlagader wild pumpte. Und wie sich meine Augen unter den Lidern rasend schnell hin- und herbewegten. Ich holte tief Luft. Dann nahm ich all meinen Mut zusammen und rüttelte mit beiden Armen meinen schlaffen, schlafenden Körper. Nichts geschah. Doch. Der Traum im Schlauch färbte sich sofort braun ein. Der schwebende milchige Nebel wurde zu flüssigem Brei. Das kannte ich schon von Elena. Aber diesmal zuckte blaues Licht durch die Flüssigkeit. Erst kleine Funken. Dann blitzartige Entladungen, lichthell, wie kleine Stromstöße. Während ich die Blitze durch den Schlauch rasen sah, glaubte ich sie gleichzeitig in meinem Kopf zu spüren. Wie Kohlensäure in einer Sprudelflasche. Oder wie elektrische Funken, direkt unter der Schädeldecke. Es knisterte und knackte zwischen meinen Ohren. Der totale Wahnsinn.

»Wach auf!«, rief ich und schüttelte meinen schlafenden Körper. Sein Kopf baumelte schwer hin und her, wie bei einer leblosen Puppe. Mir wurde schwindlig. Das Knistern wurde immer lauter. Die Tür der Halle ging auf. Krato kam hereingestürzt. Hinter ihm vier schwarze Frauen.

»Lass das!«, brüllte er. »Pfoten weg.«

Er kam angerannt, rasend vor Wut. Ich schüttelte wieder meinen schlafenden Körper.

»Wach auf!«, schrie ich. »Träum dich ins Wache! Wach endlich auf!«

Krato war so nahe, dass ich den Hass in seinen schwarzen Augen sah.

Und dann – wumm. Ein Kurzschluss im tiefen Zentrum meines Kopfes. Ich drückte verzweifelt meine Arme, so fest ich konnte, um mich endlich aufzuwecken, und wachte im selben Moment auf, weil jemand irre fest meine Arme schüttelte.

Als ich die Augen aufriss, starrte ich auf mein eigenes Gesicht, das sich über mich beugte.

Auf meinen eigenen Mund, der mich anschrie.

In meine eigenen Augen, aus denen die Angst blickte.

Ich erstarrte.

Wir erstarrten.

Dann schrien wir beide wie in einem Spiegel, der von unserem Schrei zersplittert.

Das Letzte, was ich sah, war ein wahnsinnig heller, blauer Blitzstrahl, der durch den Schlauch in Richtung Wand raste. Und Krato, der wie wild aufschrie: »Nein! Nicht!«

Dann versank alles um mich herum in tiefer Dunkelheit.

# 30

Die Stichflamme war höher als die Tannen, die Kratos Traumfabrik so gut vor den Blicken der Außenwelt geschützt hatten. Ich hab die Explosion erst viel später gesehen, auf Ninas Handy. Da war alles längst vorbei, die Fabrik aufgelöst, die Schläfer befreit, ich wieder fast gesund.

»Die Stichflamme« ist falsch, denn es waren ja fünf Feuerfontänen. Nina hat sie mit dem Handy gefilmt. Sie war mit ihren Eltern losgefahren, nachdem sie ihnen am Morgen, als Elias und ich mit dem Zug aufgebrochen waren, alles erzählt hatte, also alles, was sie wusste: Elias' Flucht, das Freundschaftsbuch, und wie wir rausbekommen hatten, dass Elias' Schwester in Almodozasvarosa festgehalten wurde. Ha, Almodozasvarosa. Inzwischen kann ich den Namen des Dorfes so leicht sagen wie München oder Hamburg. Weil ich das Ganze so oft erzählen musste – den Ärzten, den Krankenschwestern, der Polizei.

»Stadt der Träumenden.« So heißt das wörtlich übersetzt. »Varos« heißt auf Ungarisch »Stadt«, und »Almodozas« heißt »der Träumer« oder »der Traum«. Kein Wunder, dass Krato sein Quartier dort aufgeschlagen hatte.

Na, jedenfalls wollte Ninas Mutter sofort zur Polizei gehen, aber da hat Nina die Augen verdreht und gesagt, dass das keine so gute Idee ist: »Hab ich euch doch gerade erklärt. Elias ist illegal hier in Deutschland. Wenn wir das alles der Polizei erzählen, kommen die zwar vielleicht mit und helfen uns, aber Elias lassen sie dann gleich in Ungarn.«

Da hat Ninas Papa den Autoschlüssel genommen und gesagt: »Na gut, dann fahren wir da jetzt hin.«

Sie kamen anscheinend gerade am Waldrand hinter Almodozasvarosa an, als ich mit meinem Möbiustraum einen riesigen Kurzschluss erzeugt hatte und alles in die Luft flog. Erst die Schaltzentrale der Halle. Und da die Schläuche alle miteinander verbunden waren, hat sich der Kurzschluss durch die Kabel fortgesetzt. Deshalb sieht man auf Ninas verwackeltem Handy-Film erst eine einzelne, hohe Flamme aus dem Wald schlagen. Dann ist ein paar Sekunden Dunkelheit und plötzlich schießen gleichzeitig vier weitere Flammen in die Höhe.

Ich hab mir das alles natürlich mehrmals angeschaut, im Krankenhaus, und ich muss sagen, es sieht schon sehr toll aus, die erste Flamme, das Dunkel, man hört nur das fahrende Auto und Ninas Mutter, die sagt: »Was war DAS denn?«, und dann diese dreißig Meter hohen Flammen aus dem Nichts, wie Silvesterraketen, dazu Ninas Schreckensschrei …

Als die drei am Eingangstor ankamen, herrschte hinter dem Zaun völliges Durcheinander. Die Schläfer waren durch den Kurzschluss alle gleichzeitig aufgewacht und liefen panisch draußen rum. Einige hatten sogar noch die Kabel auf dem Kopf. Wie sie da im flackernden Schein der Feuer mit baumelnden Kabeln im Zickzack rumliefen, sahen sie aus wie Marionetten. Waren sie ja auch wochenlang gewesen. Einige versuchten mit Wassereimern die Hallen zu löschen, aber die meisten liefen nur orientierungslos hin und her.

Als Ninas Vater das Eingangstor mit der Schnauze seines Jeeps aufdrückte, torkelten viele der Träumer einfach durch das Tor in den Wald. Mitten auf dem großen Platz standen zwei der schwarzen Frauen und wussten anscheinend zum ersten Mal nicht, was sie jetzt machen sollen. Nina hat mit ihrem Handy eine von ihnen rangezoomt.

»Buuaaah«, sagte Nina. Sie saß neben mir auf meinem Krankenhausbett und wir guckten uns den ganzen Film noch mal an. Die Frau starrte in die Kamera. Selbst durch das Display sahen ihre milchig grünen Augen unheimlich aus.

»Horror, dieser Blick.« Nina schüttelte sich neben mir. »Aber noch gar nichts gegen Darth Vader.«

»Darth Vader?«, fragte ich.

»Na, der Schwarze. Krato. Warte, gleich …« Sie tippte mit dem Zeigefinger auf ihr Display, auf dem man jetzt

sah, wie die schwarze Frau versuchte, einige der Träumer wieder in die Backsteingebäude zu lotsen, aber es war vollkommen sinnlos, niemand achtete auf sie. Dann hörte man einen scharfen Befehl von rechts außerhalb des Bildes. Nina schwenkte mit der Kamera zu der Stimme rüber. Krato. Da stand er, dünn wie immer. Groß. Schwarz. Reglos. Im wehenden Mantel. Er schaute zu Nina rüber. Als er sah, dass sie ihn filmte, nahm er kurz seine Sonnenbrille ab. Selbst auf dem kleinen Handybildschirm, zehn Tage später im hellen Krankenhauszimmer, bekam man noch Angst, wenn man den abgrundtiefen Hass in seinen Augen sah. Anscheinend überlegte er kurz, ob er zu ihr gehen und ihr die Kamera wegreißen sollte. Das Bild wurde krisselig, der Film stockte.

»Als hätte der mein Handy hypnotisiert«, flüsterte Nina. »Oder hat der Starkstrom im Blick?«

In dem Moment als Krato sich umdrehte und wegsah, wurde der Film wieder scharf. Man sah, wie er ruhig davonging und zusammen mit seinen schwarzen Frauen im Hintergrund verschwand. Es schien, als würde er sich einfach im Dunkel der Nacht auflösen.

»Das Spiel ist aus«, sagte Nina, während sie ihm hinterherfilmte. Erst als ich den Film zum dritten Mal sah, fiel mir auf, was für ein cooler Satz das war. Weil: Stimmt ja doppelt. Kratos dreckiges Geheimnis war aufgeflogen, die Fabrik wurde geschlossen. Aber dadurch gab es auch keinen Nachschub mehr für »Das Spiel«. Aus. Sie hatten verloren.

Und dann stand da Kartoffel. Unser Freund, der Wirt. In Ninas Film. Er stand einfach da, im grauen Unterhemd, streckte mitten in dem Gewimmel und Gewusel die Fäuste in den Himmel und lachte. Er rief etwas Ungarisches, zeigte mit großer Geste auf das ganze Chaos und die Flammen und lachte wieder. Großartiges Bild. Er freute sich einfach, dass hier alles endlich abbrannte. Kratos Imperium, das dazu geführt hatte, dass alle das Dorf verlassen hatten. Krato hatte allen Bewohnern viel Geld gegeben. Er hatte jeden einzeln dafür bezahlt, dass er aus Almodozasvarosa wegzog. Und er hatte ihnen zusätzlich Schweigegeld gegeben, damit sie ihn nicht verrieten. So konnte er in Ruhe Busladungen von Leuten ankarren, ohne dass jemand Verdacht schöpfte. Er wollte die Fabrik sogar auf das Dorf ausweiten und auch dort Träumer unterbringen. Nur Kartoffel, der in Wirklichkeit Bela Nagy hieß, hatte sich geweigert und war geblieben.

Zuletzt hört man in dem Film noch Ninas Vater, der fragte: »Wo sind denn deine beiden Freunde?«

Da hat Nina die Kamera ausgemacht.

Tja. Ich bin der Einzige, der das ganze Spektakel komplett verpasst hat.

Da bin ich einmal im Leben der Held einer Geschichte und dann verschlaf ich den Showdown. Na ja, verschlafen … Die Ärzte im Krankenhaus haben bei ihren Untersuchungen so was wie kleine Brandstellen in meinem Gehirn gefunden.

»Wie ein Kurzschluss«, sagte einer von ihnen zu mir, als er mir die Aufnahmen meines Gehirns zeigte. Er klang beeindruckt. Oder verwundert.

Ich nickte nur stumm und guckte auf die schwarzen Stellen in meinem weißen Gehirn. Mich wunderte nicht, dass ich ohnmächtig geworden war. Sondern nur, dass ich überlebt hatte. Selbst jetzt wird mir schwindlig, wenn ich an den Moment zurückdenke, als ich mich wach gerüttelt habe. Als hätte es mich und meinen Körper einmal von innen nach außen und zurück gestülpt.

Nina fand uns gerade noch rechtzeitig in der Kellerhalle. Wir wären fast erstickt in dem ganzen Rauch. Elias wachte auf, als Ninas Vater ihn aus der menschenleeren Halle tragen wollte. Erst weigerte er sich mitzugehen, weil er dachte, Elena wäre da noch irgendwo.

Aber sie fanden sie dann bald im Hof. Elena torkelte nicht ziellos rum wie die meisten, sondern hatte sich ganz hinten, bei dem kleinen Häuschen, neben die Regentonne gekauert, neben der wir Stunden zuvor auch gesessen hatten. Als Elias sie sah, ist er zu ihr hingetaumelt und hat sich neben ihr ins Gras fallen lassen. Er hat nur ihre Hand genommen und sie hat ihren Kopf an seine Schulter gelehnt und er seinen Kopf an die Schuppenwand. Dann haben sie beide stumm geweint, und Nina hat sich auch heimlich eine Träne weggewischt, als sie mir das im Krankenhaus erzählt hat.

»Elias saß halb ohnmächtig da und das Erste, was er sagte, war: ›Wo ist Leon? Habt ihr Leon gefunden?‹«

Ninas Eltern holten mich gerade noch rechtzeitig raus und schleppten mich ins Auto. Direkt hinter uns stürzte die verbrannte Halle in sich zusammen. Dann haben sie Elias und Elena gerufen und sind mit uns allen ins nächste Krankenhaus gerast. Nina hat ein Foto gemacht von mir auf der Rückbank. Ich sah ziemlich übel aus. Ohnmächtig. Aber auch so blass und schmal, als hätte ich wochenlang nix gegessen. Sie hat mir das Bild im Krankenhaus gezeigt und ich hab sie gebeten, es zu löschen.

Ja. Das war's eigentlich. Nina saß bei mir an der Bettkante und sagte dann noch, als sie ihr Handy ausmachte: »Übrigens, ich hab von dir geträumt.«

»Ich weiß«, sagte ich. »War schön, mit dir Zug zu fahren.«

»Naja«, sagte Nina, »auf die Fledermäuse hätt' ich verzichten können. Aber sonst – traumhaft.«

# 31

Drei Wochen später ging ich mit Nina, Elias und Elena in den Zoo. Elena hatte sich das gewünscht. Nina und Elias sagten, Zoo sei doch für Babys, aber ich war begeistert von der Idee. Ich wollte ja sowieso noch mal hin und schauen, was aus dem Kiosk geworden war. Also haben wir uns bei mir getroffen. Nina kam ein bisschen später, und während wir auf sie warteten, hat Lotti Elena angehimmelt, vielleicht wegen ihrer langen schwarzen Haare, vielleicht aber auch, weil sie so lustig und lebhaft ist. Jedenfalls stand sie die ganze Zeit, während wir in der Küche auf Nina warteten, vor ihr und hat sie mit großen Augen angelächelt.

Elena ist aber auch wirklich toll. Sie hat sich beeindruckend schnell erholt von dem ganzen Horror und lebt jetzt mit Elias bei ihrem Onkel. Bei uns in der Schule hat Herr Pallenberg dafür gesorgt, dass sie gleich in die Fünfte kommt. Man würde nicht denken, dass sie erst seit drei

Wochen da ist. In den Pausen rennt sie mit lauter anderen Mädchen aus ihrer Klasse rum, als ob sie immer schon dazugehört hätte.

Elias hat sich auch ziemlich verändert, seit alles vorbei ist und seine Schwester bei ihm wohnt. Er ist viel entspannter, redet und macht Witze. Also, seine trockenen Witze, bei denen er keine Miene verzieht. Und als wir das erste Mal wieder in der Schule waren, rief Max, kurz bevor Herr Pallenberg reinkam, durch den Lärm der Klasse: »Hier stinkt's ja schon wieder.«

Da ist Elias aufgestanden und nach hinten gegangen. So ruhig, dass alle stutzten und zu ihm hinguckten. Als er hinten ankam, war es so still im Klassenzimmer, dass man Elias' Schritte hörte. Elias hat sich direkt vor Max gestellt, hat ihn mit der rechten Hand an seinem Pulli gepackt und hochgezogen. Er hat ihn ganz dicht vor sein Gesicht gehalten und gesagt: »Du hältst ab jetzt die Klappe.«

Dann hat er losgelassen und Max ist auf seinen Stuhl geplumpst. Das hat gewirkt. Max hat nie wieder was gesagt. Irgendwie war er danach auch nicht mehr der Held der Klasse. Als hätte ihm Elias in dem Moment die ganze Luft rausgelassen. Max' Papa ist ja auch nicht mehr der Allercoolste, seit das mit Krato, den Traumspielen und der ungarischen Fabrik rausgekommen ist. Im Gegenteil. Er sitzt in Untersuchungshaft. Da Krato spurlos verschwunden ist, ist Max' Papa der Hauptangeklagte in dem Riesenprozess um das Spiel und die Firma.

Papa hat sein Handy seit der ganzen Geschichte nicht mehr angerührt. Und er kümmert sich plötzlich wie wild um mich. Vorher war's zu wenig, jetzt ist es zu viel, aber das wird sich schon wieder einpendeln. Lotti ist auch wieder gesund. Aber sie hat eine winzige Narbe behalten von dem Fledermausangriff.

An dem Nachmittag, an dem ich Elena und Elias den Zoo zeigte, hab ich sie alle erstmal unauffällig in Richtung Fledermaushaus gelotst. Durch die Voliere mit den roten Vögeln. An den Wölfen vorbei. Der Zoo hatte ein paar Tage zuvor einen neuen Wolf aus Sibirien gekauft. Der saß jetzt auf dem Erdhügel, auf dem mich damals Kerberus angeblinzelt hat. Der Neue war nicht ganz so majestätisch. Wie auch? Kerberus ist Kerberus. Das hier war nur irgendein Wolf. Er blinzelte uns eine Weile lang an und guckte dann in Richtung Fledermaushaus.

Der Kiosk, das konnte ich von hier aus schon erkennen, war geschlossen. Er sah auch gar nicht mehr aus wie ein Kiosk, sondern einfach wie eines dieser kleinen Häuschen, in denen die Tierpfleger ihre Schubkarren, Schaufeln und Eimer verstauen. Ich guckte kurz nach oben in den großen Baum, in dem an Lottis Geburtstag die Fledermäuse gehangen hatten, aber da war nur grünes Laub.

Dann gingen wir durch die schwarze Tür.

Drinnen im Fledermaushaus war es kühl und feucht. Wir blieben hinterm Eingang stehen, um uns an die Dunkelheit zu gewöhnen.

»Sie sind wieder da«, sagte ich leise.

»Wer?«, fragte Elias.

Ich flüsterte: »Die Fledermäuse.«

Um uns rum wischten schwarze Schatten durchs Halbdunkel.

»Waren sie weg?«, fragte Elena.

»Ja«, sagte ich. »Genau wie du. Einfach so. Spurlos verschwunden. Von einem Tag auf den anderen.«

»Armer Krato«, sagte Elias. »Ist er wieder allein mit seinen schwarzen Frauen.«

Wir vier standen dicht beieinander vor der schwach beleuchteten Tropfsteinhöhle und rührten uns kaum. Um uns rum wischten die Fledermäuse, manchmal so nah, dass man einen Luftzug spürte. Nach ein paar Minuten wurde es den drei anderen langweilig, und als Nina sagte, sie geht schon mal vor, gingen Elias und Elena mit ihr mit.

Ich blieb einfach an der Wand stehen und wartete. Er war da irgendwo. Ich spürte es. Es war ja stockdunkel. Aber am Ende des Ganges, inmitten des Dunkels, war es noch mal dunkler.

Nach wenigen Momenten trat er aus der Mitte dieses Dunkels auf mich zu. Morpheus. Jetzt wieder in Zoowärterkleidung, braune Hose, dicke Jacke, Gummistiefel …

»Wie geht es dir?«, fragte er, während er näher kam.

»Ganz gut«, sagte ich. »Inzwischen.«

»Ich bin froh, dich zu sehen«, sagte er und umarmte mich.

»Ich auch«, sagte ich. »Leider schlaf ich wieder ganz normal. Und träum meine eigenen, ganz normalen Träume.«

»Ich weiß«, sagte Morpheus. »Sehr schade. Und sehr gut.«

Eine der Fledermäuse flatterte ganz nah an meinem Kopf vorbei. Ich zeigte ins Dunkel und fragte: »Sind sie alle wieder da?«

Morpheus nickte. »Ja, scheinen alle zurückgekommen zu sein.«

»Und wie geht es dir?«, fragte ich.

»Na ja … Ombra und ich … Wie würdet ihr das nennen? Aufräumarbeiten. Das Schlimmste ist jedenfalls erst mal vorbei.«

»Und Krato?«

»Keine Ahnung«, sagte Morpheus. »Er ist nicht wieder aufgetaucht. Ich fürchte, er ist drüben geblieben.«

»Drüben? Du meinst in Ungarn?«

»Nein, ich mein drüben bei euch. In der wachen Welt. Bei euch Menschen.«

»Na, traumhaft«, sagte ich.

Morpheus lachte leise im Dunkel.

»Die Polizei sucht ihn in ganz Europa«, sagte ich. »Haben sie jedenfalls bei meinem Verhör behauptet.«

»Hast du den Polizisten denn alles erzählt?«, fragte Morpheus.

»Ich hab einmal davon angefangen, also von dir und den Nächten in der Schule und dem Keller und allem. Das war noch im Krankenhaus. Der Arzt, der dabei war, hat mich schnell unterbrochen und murmelte dem Polizisten zu, ich sei noch sehr mitgenommen. Er schaute ihn dabei so an, wie Erwachsene sich manchmal anschauen, wenn sie über Kinder reden – so: ›Sie wissen schon, er spinnt ein bisschen. Ich kann das natürlich nicht laut sagen, aber ich kann Ihnen diesen superunauffälligen Blick zuwerfen, den merken nur wir beide.‹ Der Polizist hat superunauffällig zurückgeschaut, verständnisvoll genickt und ist gegangen.«

Ich zuckte im Dunkel des Fledermaushauses mit den Schultern. »Ich hab nie mehr davon angefangen. Wenn sie mich für einen Idioten halten, bitte sehr, dann eben nicht.«

Morpheus lachte. Um uns rum flatterten die Fledermäuse, in der schwach erleuchteten Höhle tropfte das Wasser von der Decke.

»Ich würd dich gern mal wieder besuchen«, sagte ich. »Dich und Kerberus und Ombra.«

»Ja«, sagte Morpheus, »das wäre schön. Kerberus vermisst dich auch. Und es gibt sogar wieder Tee, unten bei den Schwestern.« Er legte sein Gesicht in tausend Falten und sagte mit knarziger Altfrauenstimme: »Mein Juuuunge.«

Von draußen hörte ich Nina und Elias rufen.

Morpheus zog sich langsam zurück ins Dunkel. Er winkte mir noch mal zu und sagte dann: »Mach's gut, Leon. Danke für deine Hilfe. Wenn ich dich brauche, werd ich dich rufen. Ich fürchte, das wird schon bald sein. Wahrscheinlich war das hier erst der Anfang.«

ENDE

Mit großem Dank an Dora und Elisa,
ohne die es dieses Buch nicht gäbe